I0642947

Collin

Sous quand on est

9109

Pour quand on est Deux

COLIAS

Pour quand on est Deux

PARIS

PAUL OLLENDORFF, ÉDITEUR

28 *bis*, RUE DE RICHELIEU, 28 *bis*

—

1894

POUR QUAND ON EST DEUX

1

LA BILLE D'AGATE

A Albert Laroche.

PERSONNAGES:

LOUISE TRAVERSIN . . . . . .   Mlles Ludwig.
CHARLOTTE CORDAY . . . . .   Bertiny.

LA BILLE D'AGATE

Un salon élégant. Piano près de la fenêtre.

SCÈNE PREMIÈRE

LOUISE, entrant en coup de vent.

C'était une farce, ma migraine ! J'ai quitté ce dîner parce que les conversations banales du dessert me mettaient hors de moi. Je suis trop préoccupée pour répondre à des riens. Mon silence, mes distractions m'eussent fait passer pour une impolie, j'ai préféré partir : maintenant me voilà en face de moi-même, nous allons pouvoir causer. (Elle enlève son chapeau.) Oh ! il y avait un monde cet après-midi, au Louvre ! Beau magasin ! — Hé ! là, ne nous perdons pas dans des réflexions oiseuses, et lisons ma lettre ; car, là, sur ce guéridon, je suis sûr qu'il y a une lettre... Voici ce que contient cette lettre : » Chère inconnue, voilà deux mois que je vous

suis, du Louvre chez vous et de chez vous au
Louvre. Ne tournerez-vous jamais la tête vers
moi? Oh! un regard, chère inconnue, ma vie pour
un regard! » Et maintenant, vous allez voir! Voici
le guéridon... (Elle prend la lettre.) Voici la lettre...
(Elle lit.) « Chère inconnue, voilà deux mois que je
vous suis, du Louvre chez vous, de chez vous au
Louvre. Ne tournerez-vous jamais la tête vers
moi?... Oh! un regard! chère inconnue, ma vie
pour un regard! » Et tous les jours, c'est la même
chose. Ses lettres ne sont pas variées, mais combien
tendres. Il pourrait en faire imprimer un cent! Eh
bien! non!... il les écrit lui-même. Il a toutes les
délicatesses!... Il est blond d'ailleurs! et si beau!
si beau! (Elle relit la lettre.) Eh! mais il y a un post-
scriptum aujourd'hui!... Oh! il était en verve! « Si
par hasard, ce soir à dix heures, l'idée vous venait
d'allumer une lampe tout près de votre fenêtre, de
vous mettre au piano et d'y chanter avec force : Ma
Gigolette, elle est perdue!... je considérerais cela
comme un signal et je monterais. » — Dame! elle
me viendra peut-être maintenant, l'idée, mais ce
qui est certain, c'est qu'elle ne me serait pas venue.
Voyons! quelle heure est-il? neuf heures moins un
quart. J'ai une heure un quart de réflexion.

Hélas! je suis bien seule. Une bonne flamande et une levrette, c'est maigre. Pour une femme un peu exaltée surtout, c'est maigre...

Pourquoi es-tu seule? me dira-t-on. Eh! mon Dieu! pourquoi n'en ferais-je pas l'aveu? Orpheline à deux ans, j'avais une petite sœur, née le même jour que moi, et je voyais la vie en rose à travers cette jumelle. Elle me fut ravie à l'âge de cinq ans par des bohémiens et je restai seule sous la tutelle d'une vieille bonne, qui avait connu ma mère. A seize ans, au sortir de la pension, je me mariai; je fus veuve à dix-sept. A dix-huit ans, je me rema· riai ; à vingt ans, j'étais divorcée. — (s'adressant à trois portraits.) Ah! si je vous avais là, tous, toi, Pepa, ma petite sœur, qui dois être grande maintenant, et belle, et ce néanmoins saltimbanque! vous, mes deux maris, Duard si doux, Traversin si emporté, oui, si je vous avais là, tous, vous me défendriez contre les séductions qui me tentent! Tenez, je nous vois là, tous les quatre, en famille, sous la lampe! Comme ce serait gentil ! (Neuf heures sonnent.) Dans une heure, le jeune homme blond est sous mes fenêtres... Oh! non! je ne donnerai pas le signal !... J'ai été mariée deux fois, je connais donc deux fois mes devoirs.

Elle relit la lettre, puis fredonne.

Sur la plac' Maub' l'avez-vous vue?.,.

Tiens, je ne me rappelle plus les paroles!... Tant
mieux, ce défaut de mémoire me dicte ma conduite.
— Neuf heures et quart... J'ai mal diné ce soir...
Cette baronne des Joux a une cuisinière détestable...
Les aubergines étaient bien ratées... Je crois que le
baron me fait la cour... Joli garçon, mais marié...
et puis moins bien que...

Elle montre la lettre.

Ou bien dans la cour du dépôt
Tu, du, du, du...

Mort et enfer! l'air me revient!

C'était la plus chouette du troupeau...

Ça y est...

Ma Gigolette elle est perdue!

Déchirant.

Je ne chanterai pas. Je vais me coucher.

Elle allume une bougie, et se dirige vers sa chambre
en fredonnant.

Ell' s'est fait choper dans la rue.

On sonne.

Ah! mon Dieu! C'est lui! Oh! non! neuf heures vingt! Et puis, j'ai fredonné trop bas... de la rue il n'a pas pu entendre... Oh! ce serait épouvantable!

SCÈNE II

LOUISE, CHARLOTTE.

CHARLOTTE.

Madame...

LOUISE.

Madame...

CHARLOTTE.

Madame Louise Traversin, n'est-ce pas?

LOUISE.

En effet.

CHARLOTTE.

Je vous demande pardon, madame...

Elle s'évanouit.

1.

LOUISE.

Ah! mon Dieu! voilà une dame fort émue!...
(Elle lui tend son flacon de sels.) Respirez, madame,
respirez avec force. Elle est évanouie!... (Affolée.)
Ma bonne flamande, où est ma bonne flamande?
Hermangarde! Hermangarde! Ah! mon Dieu!
quelle drôle de chose!... Madame!... Hermangarde!... mais qu'est-ce qu'elle fait, cette bonne?
(Elle sonne.) Drelin! drelin! ils la laisseront mourir! Drelin! drelin!

CHARLOTTE, comme dans un rêve.

On sonne...

LOUISE.

Elle revient à elle... madame...

CHARLOTTE.

On a sonné...

LOUISE.

Oui, c'est moi.

CHARLOTTE, revenant à elle.

Vous, Louise Traversin?

LOUISE.

Oui, moi, Louise Traversin.

CHARLOTTE, très émue.

Oh! Dieu!... merci de vos bons soins! j'espérais avoir la force... mais à présent je suis trop faible pour continuer cette conversation... madame....

Elle sort.

LOUISE.

Qu'est-ce que c'est que cette femme-là?... C'est en entendant mon nom qu'elle s'est trouvée mal. Traversin... Ça lui rappelle peut-être quelque chose d'atroce ... (La pendule sonne la demie.) la demie sonne... Est-ce drôle, je ne lui ai jamais parlé, et je l'aime, ce jeune homme.

Elle fredonne.

Ma Gigolette elle est perdue !

Oh! non! ce serait mal!

Elle s'est fait choper dans la rue.

Elle se dirige, bougie allumée, vers sa chambre. On sonne.

C'est lui ! Il suffit que je fredonne ! mais non, de la rue, il n'a pas pu entendre! (Charlotte paraît.) La folle! c'est la folle! encore!

CHARLOTTE.

Le grand air m'a remise, madame. Asseyons-nous, je vous prie.

LOUISE.

Madame... les sels sont là...

CHARLOTTE, avec force.

Donc, me voilà devant Louise Traversin !

LOUISE.

Oui.

CHARLOTTE.

Louise Traversin, née en 67, et dont, en lui donnant le jour, la mère est morte.

LOUISE.

Vous savez ?

CHARLOTTE.

Louise Traversin, dont une vieille bonne éleva l'enfance, à qui, en 72, des bohémiens ravirent une petite sœur !

LOUISE.

Oh ! mon Dieu !

CHARLOTTE.

Louise Traversin, mariée une première fois à seize ans, veuve à dix-sept, remariée à dix-huit, divorcée à vingt...

LOUISE.

Qu'est-ce que c'est que cette femme-là ?

CHARLOTTE.

Louise Traversin enfin !

LOUISE, avec un cri rauque.

Ah ! vous êtes ma sœur !

CHARLOTTE, abasourdie.

Quoi ?

LOUISE, très vite.

Vous connaissez ma vie... la date de ma naissance... vous me parlez de ma vieille bonne... et
puis le visage... cet air de famille... tu es ma petite
sœur volée à cinq ans par des bohémiens... Enfin
réunies !...

CHARLOTTE.

Je suis fâchée de vous retirer cette illusion, madame, mais je ne suis pas votre sœur...

LOUISE, à elle-même.

Encore un espoir déçu !

CHARLOTTE.

Je m'appelle Charlotte Corday.

LOUISE.

Ah !... Parente ?...

CHARLOTTE.

Non!... mon mari est fils d'un Corday, qui a
tenu longtemps un établissement de bains, mais
voilà tout. Moi, quand on m'a présenté un Corday,
comme je m'appelais Charlotte, je l'ai épousé, histoire de rire. Je n'ai pas ri longtemps.

LOUISE.

Ah!

CHARLOTTE.

Non, madame, et ce petit aveu m'amène tout
justement à ce dont je veux vous entretenir.

LOUISE, assise.

J'écoute, madame.

CHARLOTTE, assise.

Depuis deux mois, vous êtes suivie par un jeune
homme blond.

LOUISE.

Vous êtes sorcière décidément...

CHARLOTTE.

Tous les jours, vers quatre heures, vous allez
aux grands magasins du Louvre. Pourquoi? Chacun a ses petites manies et les plus bébêtes sont
respectables. Il y a deux mois, vous preniez pour
y aller les boulevards, la rue Richelieu tout droit

et la place du Théâtre-Français. Étant donné que
vous demeurez rue Lepelletier, vous aviez parfaitement raison; c'est le chemin plus direct. Vous vous
aperçûtes un jour que vous étiez suivie par un jeune
homme blond; il vous attendait tous les jours à
quatre heures un quart au coin de la rue Richelieu,
et il vous suivait jusqu'au Louvre; en femme honnête que vous paraissiez être... vous changeâtes
votre itinéraire. Vous prîtes, si je ne me trompe,
la rue de Choiseul, la rue Monsigny et l'avenue de
l'Opéra. Mais les hommes amoureux sont tenaces
et malins; deux jours après, le jeune homme blond
se trouvait posté devant les Bouffes-Parisiens et
son manège recommençait. Vous le déjouâtes encore, vous remontâtes un jour la rue Lepelletier et
gagnâtes le Louvre (les magasins du Louvre) par
la rue Lafayette, le boulevard Haussmann, l'avenue
Friedland, l'Arc-de-Triomphe, l'avenue des Champs-
Elysées, la place de la Concorde, et la rue Rivoli.
Vains détours!... vaines fatigues!... Le jeune
homme blond, qui connaissait alors votre adresse,
se trouvait posté sous votre porte tous les jours,
le dépister était impossible. Un jour vous restâtes
dans les magasins du Louvre deux heures et demie;
quand vous en sortîtes... il attendait encore... Pour

tromper son impatience, il jouait même au piquet avec un cocher.

LOUISE.

Mais, madame, comment savez-vous?...

CHARLOTTE, se levant.

J'ai suivi aussi.

LOUISE.

Vous?..

CHARLOTTE.

Le jeune homme blond est mon mari, madame?

LOUISE.

Lui?... La Gigolette?...

CHARLOTTE.

Plait-il?

LOUISE.

Oh! mon Dieu, madame! mon Dieu, madame!

Elle s'évanouit

CHARLOTTE, lui présentant les sels.

Respirez, respirez avec force... Pauvre femme!...
Elle l'aimait déjà!...

LOUISE, comme dans un rêve.

Gigolette...

CHARLOTTE.

Ah ! elle va mieux !... Courte syncope !

LOUISE.

C'est tout ce que vous aviez à me dire, madame ?

CHARLOTTE.

Non. Je ne vous ai pas encore montré Corday sous son vrai jour. Mon but, dans cette affaire, est autant de vous éviter une déception que de sauver mon honneur d'épouse. Or, en vous disant simplement qu'il est marié, je n'évite rien, je ne sauve rien, j'excite au contraire...

LOUISE.

Madame...

CHARLOTTE.

Oh ! je vous en prie... nous sommes entre femmes. Corday, madame, est un type, le type du monsieur qui suit les femmes... Il marche derrière elles dans la rue depuis qu'il a l'âge de raison... Il s'est arrêté un instant pour m'épouser, et il a repris sa course... Il y a les femmes qu'il suit le matin : les couturières qui vont à leur travail... de sept à huit... Vers dix heures, les bourgeoises qui vont au marché ; vers onze heures et demie, celles qui reviennent du bain. Il rentre alors à la maison, il déjeune. Après déjeuner, il grimpe dans un des omnibus qui vont au Bon Marché; à quatre heures, madame, il suit les femmes qui vont au Louvre; le soir, il fait les grands boulevards ou les fêtes foraines. Voilà sa vie!... Hélas!... j'y conforme la mienne. Dès que j'ai pu constater quel homme était mon mari, j'ai résolu de contrecarrer toutes ses aventures. Je le suis du matin au soir; partout où il va, je vais. Et si vous rencontrez jamais dans Paris un monsieur blond derrière une petite femme quelconque et une femme brune et courroucée derrière le monsieur blond, il n'y a pas à en douter, madame, c'est nous. Nous ne nous arrêtons que pour prendre nos repas. Toutes les matinées, toutes les après-midi, c'est la même promenade. La petite femme quelconque devant, mon mari derrière, et moi fermant la marche. Mon mari se tient à deux mètres de la petite femme, moi à six mètres de mon mari; si nous étions trois ici, madame, je vous montrerais...

LOUISE.

Oh! je comprends!... mais cette existence doit être bien monotone.

CHARLOTTE.

Et fatigante!... et coûteuse!... nous usons des paires de chaussures, c'est inimaginable... Mais par exemple... nos nuits sont bonnes!... Ah! on dort bien... Pensez, madame, qu'hier encore nous avons fait vingt-neuf kilomètres!

LOUISE.

Et votre mari a-t-il un état? un métier?

CHARLOTTE.

Il n'a guère que celui-là, madame. Il suit les femmes; ça lui prend tout son temps. Il est inutile d'ajouter, n'est-ce pas, que nous avons un peu de fortune personnelle... sans quoi...

LOUISE.

Et votre mari ne s'est jamais aperçu que vous le suiviez?

CHARLOTTE.

Non, madame; il est un peu myope et ne se retourne jamais...

LOUISE.

Mais, si je comprends, sans l'excuser, la manie

de votre mari, je ne vois pas bien quel intérêt vous
avez, vous, à fermer le monôme?

CHARLOTTE.

J'attendais cette observation ; elle est d'une
femme judicieuse. Quand la demoiselle que suit
mon mari l'envoie vertement promener, mon con-
cours est inutile ; ça m'amuse, et voilà tout. Mais
quand, pendant plusieurs jours, il suit la même
femme avec persistance, comme il a fait pour vous,
madame, quand cette femme commence à lui sourire, à prendre en pitié sa patiente tactique, quand
enfin je sens que ma dignité court quelques ris-
ques, et que cette passante va devenir une rivale,
je prends mes renseignements sur elle, je vais la
voir et je lui dis : « Mon mari ne vous aime pas,
il ne peut pas vous aimer. En maniaque, il exerce
sa manie ! Il a trouvé que cette façon de faire des
étapes était amusante. Et il fait la cour aux femmes
par dessus le marché ; ne vous y laissez pas prendre. » Enfin je dis à ma presque rivale tout ce que
je vous ai dit madame, et, neuf fois sur dix, l'affaire
rate. Je sauve l'honneur d'une femme et mon
mari continue à courir en me restant fidèle. Mon
étroite surveillance rend son sport inoffensif.

Quant à moi... (Louise lui tend la main.) ça me fait des amies en plus !

LOUISE.

Oh ! le scélérat !

CHARLOTTE.

Non, c'est un maniaque. Pas un scélérat, un maniaque !

LOUISE.

Voulez-vous me permettre de pleurer un peu ?

CHARLOTTE.

Allez ! (Louise pleure.) Vous l'aimiez donc bien ?

LOUISE.

Oui, Charlotte Corday. Je suis si seule. Une bonne flamande et une levrette, c'est maigre !

CHARLOTTE.

La levrette surtout.

LOUISE.

Oui, le mot est drôle. (Elle rit.) Voilà que je ris maintenant.

CHARLOTTE.

Parfois, en très peu de temps, la femme passe par des sentiments divers. Pourtant moi, j'ai bien peu ri. Et quand je vous ai dit tout à l'heure que l'idée de réunir par mon mariage mon nom de Charlotte à celui de Corday me semblait une idée plaisante, j'ai eu raison d'ajouter que mon plaisir n'avait pas duré longtemps. Oh! mon cher nom de jeune fille... si doux... si frais...

LOUISE.

Quel nom?

CHARLOTTE.

Poustelin.

LOUISE.

Poustelin... j'ai connu en pension... une Poustelin... chez madame Cordelier, rue Saint-Sauveur.

CHARLOTTE.

C'est moi.

LOUISE.

Vous ne vous rappelez pas Louise Riveret... qui parfois vous dessinait des moustaches?

CHARLOTTE, fouillant ses souvenirs.

Eh oui! Riveret!... Eh! mais je crois bien, Riveret...

LOUISE.

C'était moi.

CHARLOTTE, brusquement.

Mais alors, la bille en agate, c'est vous qui me l'avez chipée, la bille en agate.

LOUISE.

Ah! ça, non! elle était à moi!

CHARLOTTE.

C'est trop fort. Lucie Rainbert apporte un jour en classe une bille en agate et elle nous dit : « Je donne cette bille à la première qui se fera fiche à la porte de la classe. » Alors moi, j'ai fait vingt cocottes en papier et je les ai placées par terre, juste devant le bureau de la sous-maîtresse.

LOUISE.

Oui, mais pendant ce temps-là, qu'est-ce que je faisais, moi?... Je fabriquais un tube en papier et je lançais un jet d'encre au plafond.

CHARLOTTE.

Parfaitement. Mais la sous-maîtresse m'a flanquée à la porte la première.

LOUISE.

Pas du tout. Elle nous a dit : « Sortez, mesdemoiselles ! »

CHARLOTTE.

Oui, mais comme elle a vu les cocottes en papier par terre avant de voir l'encre au plafond, c'est donc moi la première qu'elle a eu l'idée de mettre à la porte.

LOUISE.

Mais non... elle a vu l'encre au plafond d'abord... il est tout naturel de faire ça d'abord... (Elle regarde le plafond.) puis ça !... (Elle regarde par terre.) Tandis qu'il serait illogique de faire ça... (Elle regarde par terre.) puis ça !

Elle regarde le plafond.

CHARLOTTE.

Enfin, Lucie Rainbert elle-même était embarrassée, si bien qu'à la récréation, elle nous a dit : « Partagez-vous la bille d'agate. »

LOUISE.

Mais allez donc partager une bille!

CHARLOTTE.

Oui, vous avez trouvé plus simple de la garder pour vous.

LOUISE, furieuse.

Madame!

CHARLOTTE, furieuse.

Madame!

LOUISE.

Je suis une voleuse! dites que je suis une voleuse.

CHARLOTTE.

Non, madame, vous ne volez pas, mais vous accaparez.

LOUISE.

J'accapare! voilà que j'accapare!

CHARLOTTE.

D'ailleurs tout cela est loin de nous; le temps a passé sur cette bille, n'en parlons plus!

LOUISE, hors d'elle.

J'accapare!

2

CHARLOTTE.

Plût au ciel que nous n'ayons jamais d'autre sujet de discussion et que mon mari fût comme la bille d'agate, impartageable !

LOUISE, suivant son idée.

J'accapare !

CHARLOTTE.

Voilà qui est fini. Je venais surtout pour vous réclamer mon mari, mais je vous laisse la bille. On n'a parlé de la bille qu'accidentellement. Il ne sera plus jamais question de la bille... Fini, la bille !

LOUISE, s'énervant.

Ah ! mais vous m'ennuyez, madame, à la fin, avec votre bille et votre mari !... Il fallait veiller davantage sur vos affaires. Vous venez à neuf heures du soir me réclamer tout ça, et si je ne veux rien rendre,... Je ne demandais rien. Est-ce que je peux empêcher votre bille de me suivre au Louvre ?... votre mari, je veux dire... Et puis, votre bille, vous ne l'aurez pas !

CHARLOTTE.

Je viens de vous dire...

LOUISE, s'énervant de plus en plus.

Non, vous ne l'aurez pas... Est-ce que je savais qu'il était marié?... Je me suis laissée aller sans défiance, et je l'aime, moi, je l'aime! Non, c'est trop fort!... venir au bout de douze ans faire une scène à propos d'une bille d'agate, il faut être folle! il faut être folle!

CHARLOTTE.

Ce n'est pas pour la bille...

LOUISE.

Eh bien! moi je me mets en colère pour la bille. Ça m'est bien égal, le jeune homme blond. Gardez-le, votre jeune homme blond! Ainsi, sa ténacité n'était pas de l'amour; il me suivait, moi, Louise Traversin, comme il suivait les autres, par distraction!

CHARLOTTE, s'approchant d'elle.

Mais...

LOUISE.

Ah! laissez-moi aussi, vous! D'abord, je hais les mensonges. Et quand vous venez me raconter que la maîtresse vous a flanquée à la porte la première, eh bien! vous dites un mensonge.

CHARLOTTE.

C'est fini, la bille.

LOUISE.

Non, non, ça n'est pas fini. Quand on s'appelle Charlotte Corday, on devrait se tenir et ne pas faire un métier d'espion. Suivre un homme dans la rue, comme c'est convenable! comme c'est propre! Je préfère accaparer, moi, madame, puisqu'il est entendu que j'accapare. On se laisse prendre, que voulez-vous? On se laisse prendre aux œillades d'un homme qui vous suit deux mois comme votre ombre, on ne peut pas croire qu'il s'agit là d'un sport... Ah! je suis bien malheureuse!...

CHARLOTTE.

Mais...

LOUISE.

Vous, vous m'ennuyez! Et je la garderai, la bille, je la garderai!

Elle tombe dans un fauteuil en sanglotant.

CHARLOTTE, à elle-même.

Comme elle aime Corday! C'est la première femme qui m'ait donné autant de fil à retordre.

LOUISE, un peu calmée.

Je vous demande pardon, madame...

CHARLOTTE.

Vous devez être bien fatiguée !

LOUISE.

Oui... Je suis nerveuse... C'est passé... Je vous remercie de votre bonne visite.

CHARLOTTE.

Vous n'avez plus de mauvaises pensées ?

LOUISE.

Non. Viendrez-vous me voir quelquefois ?

CHARLOTTE.

Certainement, madame ; quand mon mari m'en laissera le temps. Il suit depuis hier une femme qui demeure à Grenelle. Ça nous prend toute l'après-midi.

LOUISE.

Le misérable !

CHARLOTTE.

Non, maniaque ; pas misérable, maniaque. Au revoir, madame, vous ne vous laisserez plus suivre ?

2.

LOUISE, révoltée.

Oh! madame!...

CHARLOTTE.

S'il recommence, faites-le donc arrêter. Il va comme ça quelquefois au poste ; ce sont mes seuls moments de repos. Enfin! encore une victoire! Il me sera fidèle, grâce à vous. Vous m'évitez une disgrâce... merci, madame!

LOUISE, polie.

Oh! madame! vous m'en évitez une autre!

CHARLOTTE, saluant.

Madame!...

LOUISE, saluant.

Madame!...

Charlotte sort.

SCÈNE III

LOUISE, seule, après un temps.

Un maniaque!... parce qu'il n'a pas encore rencontré une femme pour le guérir de sa manie... C'est un homme qui cherche... voilà tout. Ça a quelque chose de grand, cette poursuite éternelle de la

femme rêvée !... Ce patient, ce tenace qui court toujours après un idéal qu'il n'attrape jamais. (Rêvant.)
Ce serait beau d'arrêter cet homme, de le fixer, d'être
l'épingle de ce papillon errant. Grand but! Superbe
ambition ! (Dix heures sonnent.) Dix heures ! (Elle réflé-
chit un peu, puis porte la lampe près de la fenêtre.) Superbe ambition! grand but!

Elle se met au piano et chante.

> Sur la plac' Maub' l'avez-vous vue,
> Ou bien dans la cour du dépôt,
> C'était la plus chouett' du troupeau...
> Ma Gigolette, elle est perdue...
> Elle s'est fait choper dans la rue !...

(On sonne.) Eh ! mon Dieu !... Si je la retrouve, je
la lui rendrai, sa bille d'agate! (On frappe.) Entrez!

Rideau.

LE SOUFFLEUR

A EMILE DUARD.

PERSONNAGES :

DUFLOCARD . . . .   MM. de Féraudy.

JODELIN . . . .   G. Berr.

LE SOUFFLEUR

SCÈNE PREMIERE

JODELIN, entre en scène. Habit, gants blancs, sourire.

LE HANNETON... Monologue...

Par trente degrés centigrade
Au-dessus de zéro, peut-on
Supposer qu'on ait la toquade,
L'aplomb de donner un bal ? Non.

Son œil se fixe sur la boîte du souffleur. Le souffleur
n'est pas là. Jodelin se trouble.

Par trente degrés... la toquade...
Peut-on supposer qu'au-dessus de zéro...
On ait la toquade... Centigrade...

s'interrompant, au public.

Il y a une chose que je n'ai jamais pu faire, c'est dire un monologue sans le secours du souffleur. Or, le souffleur n'est pas là. Vous ne voyez pas, moi, je vois... Il n'est pas là... (Il frappe sur la boîte.) La boîte sonne creux... Je vais l'attendre, voilà tout... Nous allons l'attendre. (Il arpente la scène.) C'est inconcevable!... C'est le *Hanneton* que je vais vous dire, de Paul Bilhaud... Inédit... (Il regarde sa montre.) Et mon train... Je prends le train ce soir... Je marie un ami à Elbœuf... Elle est drôle, la façon dont j'ai fait connaissance avec Paul Bilhaud... Je traversais le boulevard Haussmann... (Le souffleur paraît dans son trou.) Ah! vous voilà, vous!

SCÈNE II

DUFLOGARD, passant sa tête.

Un peu en retard... Je suis un peu en retard... Qu'est-ce que vous allez nous dire?

JODELIN.

Le Hanneton.

DUFLOCARD.

Ah! ah! le Hanneton.

JODELIN.

Dépêchons-nous. Page 254.

DUFLOCARD, cherchant.

Page 254...

JODELIN, souriant au public.

« Par trente degrés centigrade,
Au-dessus de zéro, peut-on... »

DUFLOCARD, trouvant.

254... Voilà!

JODELIN, un peu agacé.

« Supposer qu'on ait la toquade,
L'aplomb de donner un bal? Non! »

DUFLOCARD.

Oh! que c'est curieux!.

JODELIN, répétant machinalement.

Oh! que c'est... (Au souffleur.) Quoi?

DUFLOCARD, de son trou.

Mais vous êtes M. Jodelin?

...JODELIN, très gêné. Au public.

« Réunir dans son domicile... »

DUFLOCARD.

Vous ne me reconnaissez pas?... Duflocard... de l'Ecole Turgot!

JODELIN, très énervé.

Turgot... oui... oui...

DUFLOCARD, tendant la main hors du trou.

Comment vas-tu?

JODELIN, énervé, lui donnant la main.

Ça va bien...

Au public.

« Réunir dans son domicile... »

DUFLOCARD, à lui-même.

Il y en a tout de même, des hasards!

JODELIN, perdant pied tout à fait.

« Deux cents danseurs en plein été...
... Réunir dans son domicile
Deux cents danseurs en plein été... »

Il reste muet.

DUFLOCARD.

Tu ne le sais pas, ton monologue!

JODELIN.

Mais sapristi! mon ami, c'est vous qui me trou-
blez, soufflez-moi. Duflocard... Turgot... nous cau-
serons de tout ça après... Il y a là un public qui
attend!...

DUFLOCARD.

Ainsi, tu me revois après quinze ans, et voilà
tout ce que tu trouves à me dire :.. « Il y a là un
public qui attend! » Comme élan, c'est faible!

JODELIN.

Voyons, mon ami, vous avez passé quinze ans
sans me parler, je vous demande encore cinq minutes. Ça fera quinze ans et cinq minutes. Après,
nous nous embrasserons si vous voulez. Page 254,
hein?

DUFLOCARD, très vexé, soufflant.

« Par trente degrés centigrade... »

JODELIN.

Et puis là... vrai... je ne me souviens pas de
vous... Dutocard!...

DUFLOCARD, le reprenant.

Duflocard!

JODELIN.

Oui... Ça ne me rappelle rien.

DUFLOGARD.

Ça devrait te rappeler cinq ans d'une amitié que ne dictaient ni l'intérêt, ni aucun autre sentiment bas... Quand je te dirai tout à l'heure...

JODELIN.

C'est ça... tout à l'heure...

« Réunir dans son domicile
Deux cents danseurs en plein été! »

Un temps.

DUFLOGARD.

Ainsi voilà un monologue que tu as dit partout, tu n'en sais pas un mot!

JODELIN, outré.

Oh!

DUFLOGARD.

Je l'ai lu une fois, entends-tu, une fois, et je le sais, moi!

JODELIN, furieux.

Eh bien mais, dis-le! dis-le à ma place! Il m'ennuie, cet animal-là.

DUFLOCARD.

Rien n'est plus simple. Donne-moi la main.

JODELIN, furieux, la lui donnant.

Ça va bien ?

DUFLOCARD.

Tu ne me comprends pas. Donne-moi la main
pour m'aider à sortir...

JODELIN.

Ah ! bon !

Il l'aide.

DUFLOCARD, en scène.

Là ! merci ! Prends le livre... tu vas voir !

JODELIN.

Oui, je suis curieux de voir !

DUFLOCARD.

C'est vrai, ces artistes, ça pose pour la mémoire
et ça ne se souvient même pas de ses amis !

JODELIN, au public.

Le temps de confondre ce monsieur... et je suis
à vous... (Il descend dans le trou.) Il fait froid là-dedans !

DUFLOCARD.

Page 254...

JODELIN, dans le trou.

Je sais... je sais...

DUFLOCARD, avec un sourire.

« Par trente degrés centigrade
Au-dessus de zéro, peut-on
Supposer qu'on ait la toquade,
L'aplomb de donner un bal ?... »

JODELIN, avec force.

« Non ! »

DUFLOCARD.

« Non ! » — Souffle pas ! Ne souffle pas !

« Réunir dans son domicile
Deux cents danseurs en plein été... »

JODELIN, le regardant longuement.

Attends donc ! attends donc !

DUFLOCARD.

Hé ?

JODELIN.

Duflocard... de Turgot... mais oui !

DUFLOCARD.

« Réunir dans son domicile... »

JODELIN.

Nous avons été ensemble élèves à l'Ecole Turgot !

DUFLOCARD, s'interrompant.

Mais voilà une heure...

JODELIN.

Duflocard !... Je disais aussi... Je t'ai une fois dessiné des moustaches en classe...

DUFLOCARD, ému.

Tu te souviens...

JODELIN.

Oui... et le professeur irrité nous a flanqués tous les deux à la porte...

DUFLOCARD.

La porte donnait sur un corridor et nous avons joué à la toupie dans le corridor !...

JODELIN, ému.

Tu te souviens...

DUFLOCARD.

Oui... et depuis ce jour-là, chaque fois qu'en classe nous avions envie de jouer à la toupie...

JODELIN.

Je te dessinais des moustaches et le professeur nous flanquait à la porte...

DUFLOGARD.

Et la partie de toupie recommençait...

JODELIN.

Oui, mais une fois, ça n'a pas pris.

DUFLOGARD.

Au lieu de nous flanquer dehors, on nous a donné à conjuguer 500 fois le verbe :

JODELIN.

... « Je préviens les lois de la nature en dessinant à Duflocard des moustaches que lui interdit son âge... »

DUFLOGARD, conjuguant.

« Tu préviens les lois de la nature... »

JODELIN.

« Nous prévenons. . »

DUFLOGARD, descendant dans le trou, — avec transport.

Ah ! mon ami !

JODELIN, étouffé.

Aïe ! aïe ! tu m'écrases, mon bien cher ami !

DUFLOGARD, heureux.

On est bien ainsi, l'un près de l'autre.

JODELIN, timidement.

On est un peu serré, mon bien cher ami.

DUFLOCARD.

Jamais trop, Jules, jamais trop.

JODELIN.

Et puis on a froid aux jambes.

DUFLOCARD.

Sortons, si tu es mal.

JODELIN. Tous les deux sont en scène.

Mais comment se fait-il, avec les idées élevées que tu avais, que tu sois tombé si bas ! — Souffleur !!...

DUFLOCARD.

Je ne suis pas souffleur !

JODELIN.

Bah !

DUFLOCARD.

Tu t'es rappelé notre jeunesse, tu m'as nommé ton ami, tu as droit à mes confidences...

Il se dirige vers le fond.

JODELIN.

Où vas-tu ?

3.

DUFLOGARD.

Chercher deux chaises.

Il sort.

JODELIN, regarde sa montre.

Sapristi ! Ça va être long. Il va me raconter sa vie. Et mon train !... Mon train pour Elbeuf !...

DUFLOGARD, paraît avec deux chaises et fait asseoir Jodelin.

Tu connais mon enfance.

JODELIN, vite.

Oui, oui... jusqu'à seize ans... Partons de là... Tu as seize ans...

DUFLOGARD.

J'ai seize ans... oui... De seize à vingt...

JODELIN, vite.

Banal, de seize à vingt... Eveil des sens, entrée dans la vie, hésitation dans le choix de la carrière, baccalauréat... Banal, de seize à vingt ans... Tu as donc vingt ans !

DUFLOGARD, un peu ahuri.

J'ai vingt ans... oui... oui... Ah ! à vingt ans, dame, mon cher....

JODELIN, vite.

Chute de quelques illusions, amour déçu, femmes, petites femmes... jusqu'à vingt-cinq ans, hein?... Tu as vingt-cinq ans!...

DUFLOCARD, ahuri.

Oui... oui... j'ai vingt-cinq ans... mais...

JODELIN, continuant.

De vingt-cinq à trente, c'est toujours la même chose...

DUFLOCARD.

Eh! là! arrête, mon ami. Tu vas trop vite. J'ai eu hier vingt-six ans!

JODELIN.

Ah! tu as eu... Eh bien, mais, elle n'a rien de particulier, ta vie!

DUFLOCARD.

Tu ne me laisses pas te la raconter. Donne-moi le temps de te dire qu'à vingt-trois ans, j'ai fait un gros héritage, que cet héritage me permet de vivre à ma fantaisie, de laisser le champ libre à ma passion dominante, les femmes!

JODELIN.

Polisson!

DUFLOCARD.

Et que, si tu me vois déguisé en souffleur, tu
dois en conclure qu'il y a encore une femme là-
dessous !

JODELIN, regardant la boîte du souffleur.

Là-dessous ?...

DUFLOCARD.

Oui. Quand j'ai aimé Frédégonde de Portalis, je
me suis déguisé en garçon de bains, parce qu'elle
allait tous les matins à un établissement de bains
dont je connaissais le patron ; quand j'ai aimé Lucie des Buissons-Fleuris, j'ai donné cinq louis à son
cocher ; le cocher m'a prêté sa livrée et son fouet...

JODELIN.

Oui, oui, et maintenant...

DUFLOCARD.

Maintenant, comme j'aime Ninetta des Enclos...

JODELIN, bondissant.

Hé ?

DUFLOCARD.

Comme Ninetta des Enclos paraît aujourd'hui
dans ce concert, j'ai pris les vêtements du souffleur pour la voir de tout près, de plus près que

les spectateurs indifférents. Je suis un raffiné,
vois-tu.

JODELIN.

Tu aimes Ninetta?

DUFLOCARD.

Comme un fou!

JODELIN, très ému.

Et... elle répond?

DUFLOCARD.

J'te crois. (Jodelin se lève fiévreusement.) Tu es fatigué d'être assis?

JODELIN, marchant.

Oui, oui...

DUFLOCARD.

Je lui ai écrit que je serais là, dans le trou...
pour ne pas la surprendre trop... lui donner un
coup... Ah! mon ami, je vais te la souffler!!...

JODELIN.

Hein?

DUFLOCARD, expliquant sa pensée.

Je vais te lui souffler son rôle!...

JODELIN.

Ah! oui. — Mais pourquoi avoir recours à ce

déguisement ? Tu ne peux donc pas la voir à ton aise ?

DUFLOCARD.

Mais non, mon ami. Elle est liée par la patte!... Un tyran qui ne la quitte pas... Il y a quinze jours que je n'ai vu Ninette... Tu comprends, je n'y tenais plus, moi!

JODELIN.

Alors si tu la vois si peu, comment peux-tu m'avoir répondu « j'te crois » quand je t'ai demandé si tu étais aimé d'elle ?

DUFLOCARD.

C'est bien simple. Je l'ai vue trois fois... pendant cinq minutes. La première fois, un regard ; la seconde, un sourire ; la troisième, un baiser. Ça suffit...

JODELIN, tombant assis.

Un baiser!

DUFLOCARD.

Tu es fatigué d'être debout ?

JODELIN.

Oui... oui...

DUFLOCARD.

Tout ça, tu penses, c'est sacré. Pas un mot à qui

que ce soit. Je t'ai confié ma petite aventure parce
que tu es un vieil ami... un ami de pension... parce
que, dans la cour comme en classe, nous étions
toujours ensemble...

JODELIN, à part.

Nous sommes encore... ensemble !...

DUFLOCARD.

Mais à propos, que tout ça ne nous fasse pas oublier notre tâche...

JODELIN.

Notre tâche...

DUFLOCARD.

Oui... Le Hanneton... Le public attend toujours !...

JODELIN, très troublé.

Page 254...

DUFLOCARD, descendant dans le trou.

Va, mon ami.

JODELIN, à lui-même.

Ninette ! me tromper !... C'est impossible !...
Hier encore, elle me disait : « Quand je vois un autre homme que toi, ça me fait mal au cœur ! » On
ne dit pas ces phrases-là sans les penser !...

DUFLOCARD, soufflant.

« Par trente degrés centigrade... »

JODELIN, machinalement.

« Par trente degrés... » Me tromper ! Ninette !

DUFLOCARD.

« Au-dessus du zéro, peut-on... »

JODELIN.

« Au-dessus de zéro, peut-on... » avoir idée d'une chose pareille !...

DUFLOCARD.

« Supposer qu'on ait la toquade... »

JODELIN.

Une toquade ! oui... mais il est peut-être encore temps de l'empêcher... Dès que j'aurai fini...

DUFLOCARD.

« L'aplomb de donner un bal ? »

JODELIN.

L'aplomb de donner un baiser !...

DUFLOCARD, le reprenant.

« Un bal ! »

JODELIN.

« Un bal ! » ... Car enfin je suis aimé !

DUFLOCARD, avec force, soufflant.

« Non ! »

JODELIN, ne comprenant pas.

Comment, non ?

DUFLOCARD, épuisé.

« L'aplomb de donner un bal ? Non ! »

JODELIN, comprenant.

Ah !

DUFLOCARD.

Tu ne sais pas un mot.

JODELIN.

Je suis un peu troublé... J'ai hâte d'aller...
(Au public) Mesdames, messieurs, excusez-moi...
Mais ma situation... Ninette... Il faut que je m'as-
sure...

DUFLOCARD, stupéfait.

Tu t'en vas ?

JODELIN.

Oui... mon train pour Elbeuf... Je suis en retard... Adieu, vieil ami... Ninette... Oh ! mon
Dieu !

Il sort, fou.

SCÈNE III

DUFLOCARD, sort de son trou. — Au public.

Entre nous, vous êtes gentils de ne pas vous fâcher... A votre place, moi, je me fâcherais !... Comment, un artiste est au programme... Vous attendez de lui un monologue, et... (Un papier s'échappe du livre qu'il tient à la main.) Qu'est-ce que c'est que ça ?... Une lettre ? (Il lit.) « Pour monsieur Duflocard. » C'est de Ninette ! — « Cher, il part ce soir pour Elbeuf... » (s'interrompant.) Ah ! mon Dieu ! mais alors c'est.... — « Etes-vous libre ?... Si oui, ce soir, chez Foyot, 11 heures. Mettez votre réponse sur la première page du livre que vous tenez à la main, amour de souffleur !... Une réponse brève et bonne. Votre Ninette, si vous voulez ! »

Un très long temps.

Mon ami... mon ami... Jodelin n'est pas mon ami tant que ça d'abord... Il ne me reconnaissait pas... Si je n'avais pas insisté... Oui, Turgot, je sais bien... mais il y a quinze ans... En quinze ans... et puis, après tout, les amies de nos amis... Et moi qui ai été lui raconter... Je lui dirai que je me suis trompé, voilà tout... que ça n'est pas Ninetta des Enclos, mais Louise Riveret que j'aime... Elle est aussi du concert, Louise Riveret... Oui, mais s'il ne me croit pas, s'il se doute... il ne partira pas pour Elbeuf... et alors plus de Foyot, plus de Ninette, plus de bonheur... Ai-je été bête de raconter à un inconnu... Car c'est un inconnu pour moi... Bah ! à la grâce de Dieu ! (Il écrit sur la première page.) « Oh ! oui ! » Ah ! ça part du cœur ! « Oh ! oui ! » C'est un peu court ! (Il écrit.) « Oh ! bien certainement oui ! » Et maintenant comment faire porter à Ninette...

SCÈNE IV

JODELIN, radieux.

C'est moi !

DUFLOGARD, à part.

Lui ! il n'est pas parti !

JODELIN.

Vieux farceur, va !

DUFLOCARD.

Je vais te dire...

JODELIN.

Tu m'en as fait, une peur !

DUFLOCARD.

C'est Louise Riveret...

JODELIN.

Comment, tu t'étais entendu avec Ninette pour me faire rater mon monologue?

DUFLOCARD.

Moi, je...

JODELIN.

Comment, tu as parié dix louis avec Flanchard, Dutiron, de Flansac, avec les amis de Ninette, que tu m'empêcherais de dire *Le Hanneton* par tous les moyens possibles?

DUFLOCARD.

Je t'assure...

JODELIN.

C'est Ninette qui m'a dit ça !

DUFLOCARD.

Ah ! c'est Ninette...

JODELIN.

J'ai beaucoup ri !

DUFLOGARD, à part.

Très forte, Ninette !

JODELIN.

Me reconnaitre juste au moment où j'entre en
scène, me souffler mal à propos, c'est très drôle. —
Mais feindre une bonne fortune avec Ninette, ça,
c'est délicieux ! J'ai beaucoup ri. Je suis battu...
mais content !

DUFLOGARD, à part.

Sa joie me fait mal.

JODELIN.

Ah ! je file, moi... mon train... Ah'! à propos...

DUFLOGARD.

Quoi ?

JODELIN.

Le livre...

DUFLOGARD.

Tu veux...

JODELIN.

C'est Ninette... Elle veut relire ce soir « Le
Hanneton... »

DUFLOGARD, à part.

C'est lui qui porte ma réponse !

JODELIN.

Adieu, vieux... viens dîner un de ces jours...
15, rue d'Antin... Farceur, va... J'ai beaucoup ri...
beaucoup...

Il sort, très gai.

SCENE V

DUFLOGARD, au public.

Vous ne trouvez pas ça plus drôle qu'un monologue ?... moi, si.

POLICHINELLE

COMÉDIE EN UN ACTE, EN VERS

A Mademoiselle J. Bartet.

PERSONNAGES

ARLEQUIN

COLOMBINE

POLICHINELLE

SCÈNE PREMIÈRE

ARLEQUIN, COLOMBINE.

Un salon. Table encore servie. Le déjeuner est fini. Ils prennent leur café.

ARLEQUIN.

Mauvais café.

Il regarde sa montre.

COLOMBINE.

Tu vas sortir?

ARLEQUIN.

Probablement.

COLOMBINE.

Mon Dieu, comme un mari diffère d'un amant !
Jadis, lorsque j'étais ta Colombe adorée,

4

Ton café ne sentait jamais la chicorée ;
Après avoir soupé comme aujourd'hui, Satan,
Tu ne regardais pas ta montre, souviens-t'en.

ARLEQUIN.

Tu l'as voulu.

COLOMBINE.

      C'était gentil et c'était drôle.
On se serrait tous deux épaule contre épaule,
Je dis épaule pour m'exprimer poliment...
O mon petit mari, redeviens mon amant ;
Ne t'en va pas coucher dehors, vois ma détresse.

ARLEQUIN, bâillant.

Ah !

COLOMBINE.

    Tu m'aimais bien mieux quand j'étais ta maî-
Tu te fiches de moi depuis notre contrat ; [tresse.
Et je sais même à qui tu penses, scélérat !

ARLEQUIN.

Tu l'as voulu !

COLOMBINE.

      Dis-moi ces vers que tu cisèles
Si bien.

ARLEQUIN.

   Non, le notaire a supprimé mes ailes.

Ah! quand je me suis vu devenir ton mari,
J'aurais dû gambader, je n'ai pas même ri.
Les témoins, et le prêtre, et ta mère, et le maire,
Tout cela m'a rempli d'une tristesse amère;
Quand ta sœur m'a nommé tout bas: Heureux co-
[quin !
J'ai bien compris que c'en était fait d'Arlequin.

COLOMBINE.

C'est stupide ! Il faut bien pourtant qu'on se marie.
Ce n'est pas parce qu'on traverse une mairie
Qu'on en doit être plus maussade et plus bougon.
Arlequin est toujours Arlequin.

ARLEQUIN, assis dans un fauteuil.

C'est Orgon.

Je suis Orgon, voilà ! Je me gonfle la panse
Et c'est comme un bourgeois que je vis, que je
Je suis coureur, je suis bête et je suis goulu! [pense.

COLOMBINE.

Coureur ?

ARLEQUIN.

Plus que coureur: paillard !... tu l'as voulu!

COLOMBINE.

Paillard ! Mon Arlequin paillard ! Tu me renverses !

ARLEQUIN, lisant le journal.

La Journée à Paris... Ah ! *Nouvelles diverses !*

COLOMBINE.

Non, Arlequin, vois-tu bien, si tu me trompais...

ARLEQUIN.

Je ne puis même plus lire un journal en paix !

COLOMBINE.

Non, si tu me trompais, si j'en avais la preuve...
Avant la fin du jour, vois-tu, je serais veuve.

ARLEQUIN.

Ce qui te permettrait d'épouser ton amant !

COLOMBINE, suffoquée.

Mon a... mon a... tu crois ? Mon Dieu, maman, ma-
[man !

Elle tombe dans un fauteuil et pleure.

ARLEQUIN.

Ah ! non, toi, c'est assez, n'appelle pas ta mère.

COLOMBINE.

Il s'est donc envolé, mon bonheur éphémère !

ARLEQUIN.

C'est ta faute, si tu veux mon opinion !...

Pourquoi donc as-tu fait bénir notre union ?
Sais-tu pas que l'amour meurt quand on l'engril-
[lage !

COLOMBINE.

Mais c'est toi seul qui l'as voulu, ce mariage !
Follement amoureux dans les premiers moments,
Tu voulus me lier par d'éternels serments
Et renfermer ta fleur des champs dans une serre...
La majesté des lois te semblait nécessaire
Pour contraindre mon cœur à la fidélité.

ARLEQUIN.

Soit ! Mais l'ennui naquit de la sécurité.
Tu soutiens que je l'ai voulu : je te l'accorde.
Je me suis mis moi-même autour du cou la corde,
Mais j'eus tort. Et quand j'ai senti l'écœurement
De payer mon loyer régulièrement,
De goûter tous les jours à la même cuisine,
Sache-le, j'ai couru comme un fou chez Rosine,
Et là, j'ai demandé l'aumône d'un baiser
Pour redevenir jeune et me débourgeoiser.

COLOMBINE.

Donc tu ne m'aimes plus ? Tu me le dis en face,
Butor...

                                        4.

ARLEQUIN.

Oui, je le dis. Que veux-tu que j'y fasse?

COLOMBINE.

Qui m'eût dit qu'Arlequin un jour en viendrait là!

ARLEQUIN, énervé.

Je sors.

COLOMBINE.

Où?

ARLEQUIN.

Donne-moi ma batte de gala.

COLOMBINE, la lui donnant.

Ta batte de gala! Tu vas chez un ministre?

ARLEQUIN.

Un verre de cognac! que je me l'administre.

COLOMBINE.

Du cognac! Malheureux, tu vas te rendre gris...

ARLEQUIN, s'en versant un verre.

Ma canne à pomme d'or, mon loup, mon feutre
[gris.

COLOMBINE, les lui remettant.

Là. C'est bien tout ce que tu veux que je te donne?...

ARLEQUIN.

Non, une fleur !

Colombine ne se presse pas assez.

Vas-tu m'obéir quand j'ordonne ?

Pas d'œillet rouge, non. Tiens, cette rose-thé.

Il la prend dans un vase.

Adieu, je reviendrai demain.

COLOMBINE.

Trop de bonté !...

Arlequin sort.

SCENE II

COLOMBINE, seule.

Voilà ! c'est comme ça tous les soirs ! Quelle vie !
O femmes sans amour, comme je vous envie !
Pendant qu'il va chanter à Rosine ses vers,
Je lave la vaisselle et range les couverts !...
Dans son cœur inconstant mon image s'efface
Et l'hymen a fait faire à l'amour volte face !
Le divorce est mon seul espoir assurément...
Divorcer ! Non, je vois la tête de maman !

Un temps.

Alors... je vais vieillir en femme délaissée,
Pleurant seule sur ma félicité passée ?...

Tandis que lui suivra, très gai, ses instincts bas,
Moi je repriserai, toute triste, ses bas,
Et j'essaierai, durant ses nocturnes orgies,
De dormir pour ne pas brûler trop de bougies?
Non, non, c'est impossible!... Oh Dieu! je donnerais
La Touraine et ses fleurs, l'Argonne et ses forêts,
Je donnerais le ciel, je donnerais la terre,
Je donnerais les fonds secrets du ministère,
A qui m'indiquerait le moyen prompt et sûr
D'enchaîner ce démon chatoyant, bleu d'azur,
Or comme le soleil, argent comme la lune,
Gris, tel un ciel brumeux, et vert tendre, telle une
Vague, blanc, violet, sépia, vermillon,
Volage et diapré comme le papillon!

On entend une ritournelle à la cantonade.

On chante dans la cour! Un pauvre! Il va se taire,
Ça n'est pas toléré par le propriétaire!

Voix à la cantonade.

I

Les hommes sont trompeurs,
La chose est bien certaine,
Dès qu'ils sont près de vous:

Ma mie, que je vous aime,
Hélas! de temps en temps
Je vous aime tant,
De temps en temps je vous aime!

II

Dès qu'ils sont près de vous :
Ma mie, que je vous aime,
Dès qu'ils sont loin de vous,
Ils disent le contraire!
Hélas, de temps en temps
Etc.

COLOMBINE.

On ne l'interrompt pas?... Tant mieux! Le portier
⌈sent
Tout comme moi que ça devient intéressant.

La chanson continue.

III

Ils dis'nt les uns aux autres :
Connais-tu bien un' telle?
Ell' croit pour tout de bon
Que j'ai d' l'amour pour elle.
Hélas, etc...

IV

Pour lui prouver que non,
Nous n'irons plus chez elle ;
Nous irons fair' l'amour
Tout proche de chez elle

Hélas... etc...

V

Les homm's ne sont jamais
Fidèl's qu'aux infidèles.
Voulez-vous être aimées
Trompez-les tous, mes belles !

- Hélas, etc...

COLOMBINE, après avoir frédonné le dernier couplet, rêveuse.

C'est absurde et c'est vrai ! Quand la femme est fidèle,
L'homme stupidement se lasse et fait fi d'elle !
Tous les mêmes, le fat ! Il faut que des amants
Rappellent à monsieur par leurs empressements
Que madame vaut bien la peine d'être aimée...
Elle a plus de saveur quand elle est écrémée...
Soit ! je prendrai, s'il faut, dix, vingt, trente amou-
[reux
Pour rendre mon mari parfaitement heureux !

Dire que je l'aimais!... Quand son regard de flam-
[me
Scintillait sous son loup tout noir, comme son âme,
J'avais des pâmoisons!... Son habit singulier,
Qui modelait son corps du col jusqu'au soulier,
Lui donnait un aspect fantòmatique, étrange!
Quand il l'ôtait, c'était encore plus beau!... cher
[ange!
Amour!... Hein ? qu'ai-je dit? Et qu'est-ce qui me
[prend ?
Cher ange?... Qu'on est donc bête quand on s'éprend!
Au lieu de condamner sa froideur décevante,
Au lieu de le punir, voilà que je le vante!
Non, non, c'est bien fini! j'écoute la chanson
Et m'en vais lui servir un plat de ma façon!
Oui, je veux le tromper avec toute la terre,
Avec un clown, avec un universitaire,
Avec le premier drôle et le dernier venu,
Fût-il vieux, laid, fourbu, tordu, crochu, cornu,
Avec ce pauvre qui finit sa ritournelle
Là, dans la cour, ou bien avec Polichinelle,
Malgré son dos, malgré ses jambes en compas!
C'est dit... Eh bien non, non! je mens... Je ne peux
[pas,
Je ne peux pas!... C'est raide : il me trompe, et je
[l'aime!

Paul Bourget pourrait-il résoudre ce problème
Et me dire pourquoi, quand on aime ardemment,
Il est si malaisé de tromper son amant,
Fût-il coupable?

        Mais sans être très hardie, .
On peut faire semblant, jouer la comédie,
Et démontrer qu'on a des amoureux en tas.
On reste honnête avec les mêmes résultats...
Justement Arlequin revient... avec sa rose,
Le traître!... il a sans doute oublié quelque chose.
Quelle idée! Eteignons la lampe! Les rideaux
Tirés! Ah! les cheveux déroulés dans le dos,
Je n'ai plus maintenant qu'à noyer ma prunelle
Pour qu'il soit sûr que j'ai reçu Polichinelle!

    Elle a éteint la lampe, mis du désordre dans la chambre. —
La scène est dans l'obscurité.

SCENE III

ARLEQUIN, COLOMBINE.

ARLEQUIN.

C'est stupide! j'avais oublié mon argent
Et mon mouchoir. L'amour rend l'homme négli-
[gent.]

COLOMBINE, d'une voix mourante.

Te voici? Tu n'as pas été longtemps en course.

ARLEQUIN.

Oh! je repars! Dis-moi, tu n'as pas vu ma bourse?

COLOMBINE.

Moi?

ARLEQUIN.

Pourquoi parles-tu de ce ton anormal
Et dolent? Serais-tu souffrante?

COLOMBINE.

Oui, j'ai très mal;
Mon visage n'a pas sa couleur purpurine
De tous les jours.

5

ARLEQUIN.

Alors prends de l'antipyrine.
Cela s'avale avant dîner dans un cachet...

A lui-même.

Mais mon argent!... Tiens! si ma femme le cachait...

COLOMBINE, vivement.

Qui, caché?

ARLEQUIN.

Ta cervelle est un peu fatiguée.
Je me demandais si tu n'aurais pas, très gaie,
Prise par un besoin de t'amuser urgent,
Dérobé mon mouchoir et caché mon argent.

COLOMBINE.

La récréation fine et spirituelle!
De grâce, épargne-moi ta scène habituelle.

ARLEQUIN, furetant toujours.

Bon! je me cogne! Aussi pourquoi n'y voit-on pas?
Je crains à chaque instant de faire des faux pas.

COLOMBINE.

C'est que j'ai tout éteint pour dormir, étant lasse.

ARLEQUIN.

Permets que je rallume...

Il allume une bougie.

Ah çà! rien n'est en place?

Pourquoi, ma chère, as-tu déroulé tes cheveux ?
Pourquoi tes yeux sont-ils si brillants ?

COLOMBINE.

C'est nerveux,
Mon ami!...

ARLEQUIN.

C'est nerveux ? En êtes-vous bien sûre ?
C'est nerveux, les rideaux hors de leur embrasure,
Et ce déshabillé provocant, c'est nerveux ?

COLOMBINE.

Flûte !

ARLEQUIN.

Répondez-moi poliment, je le veux,
Je ne ris plus...

COLOMBINE.

Monsieur voudrait donc que je pleure?

ARLEQUIN.

Ah ! Ne plaisantez pas, madame, car cette heure
Est tragique... Tu vas m'éclairer sur deux faits:
Les rideaux sont tirés et tes cheveux défaits;
Pourquoi ?

COLOMBINE, le regardant.

C'est comme ça que je voudrais ton buste !

ARLEQUIN, furieux.

Madame !

COLOMBINE.

Etes-vous pas attendu ?

ARLEQUIN.

Moi, c'est juste,
Mais va, nous reprendrons cet entretien, pour sûr,
Demain, quand le soleil montera dans l'azur !

COLOMBINE, riant.

Arlequin qui devient lyrique...

ARLEQUIN.

Prenez garde !

COLOMBINE.

Vous n'êtes pas encor parti ?

ARLEQUIN.

Ça me regarde.
Le temps de trouver l'or que votre main céla.
Ah ! dans ce cabinet peut-être.

COLOMBINE, bondissant.

Pas par là !

Elle lui barre le chemin.

ARLEQUIN.

Quoi, pas par là ? Quoi, pas par là ?

COLOMBINE, jouant l'émotion.

Non.

ARLEQUIN.

Je soupçonne
Ce cabinet de renfermer une personne.
Quand vous criâtes tout à l'heure : qui, caché ?
C'était...

COLOMBINE, courbant la tête.

Ta Colombine a commis un péché...

ARLEQUIN.

Vous avouez ! Eût-il des muscles d'acrobate,
Je veux que d'un seul coup cette batte l'abatte !

Il entre dans le cabinet.

COLOMBINE.

Mon infidélité l'a tout d'abord navré...
Il va m'aimer bientôt, si la chanson dit vrai !

Elle donne un tour de clef à la porte du cabinet. Arlequin
se trouve enfermé. Puis elle simule une scène avec Polichinelle.

Polichinelle !

Imitant la voix de Polichinelle.

Prrrrt ! — Filez et soyez leste !
Quoi vous demeurez ? — Prrrrt !

ARLEQUIN, dans le cabinet.

Je veux qu'on ouvre.

COLOMBINE, à elle-même.

Il peste !

Haut.

Que vous faut-il encor ? — Prrrt ! — Deux ou trois
Je ne sais si je dois...   [baisers ?

ARLEQUIN, dans le cabinet.

Corbleu !

COLOMBINE, faisant sonner un baiser sur sa main.

Vous abusez.

second baiser.

Là, maintenant, partez... pars ! Il faut qu'on s'en aille !
— Prrrt ! (A elle-même.) Je crois que je suis suffisam-
                                   [ment canaille !

Elle ouvre la porte du cabinet, Arlequin bondit en scène.

ARLEQUIN.

Je suis cocu ! Je suis cocu ! Je suis cocu !
Je le répète pour en être convaincu !
Mon nom est une fois encor changé par elle.
Maintenant ça n'est plus Orgon, c'est Sganarelle !

COLOMBINE.

Vous paraissez bien en colère, mon ami.

ARLEQUIN.

Quoi !... Voyons, dites-moi que je suis endormi,

Madame, et que tout ça n'est qu'un pénible songe !

COLOMBINE.

Et pourquoi voulez-vous que je fasse un mensonge?

ARLEQUIN.

Vous auriez pu, pour me tromper, j'en aurais ri,
Ne pas attendre que je sois votre mari.
Nous avons plaisanté quatorze mois ensemble;
Vous avez eu le temps, madame, ce me semble.
Mais je sais quel discours vous vous tîntes...

COLOMBINE.

Vraiment?

ARLEQUIN.

« Ce serait fou de le tromper en ce moment,
Il s'en irait, cassant sa trop légère chaîne;
Attendons, ça vaut mieux, notre union prochaine,
Et quand je serai sa légitime moitié,
On me verra courir les galants sans pitié.
Sa destinée est sûre et si je la recule,
C'est qu'il sera, mari trompé, plus ridicule. »

COLOMBINE.

Pas du tout. Te tromper devenait un devoir.
Voici la vérité, si tu veux la savoir :

Après quatorze mois que tu m'avais aimée,
Ton amour est parti comme de la fumée.
Devenir un mari, voilà, ça t'a déplu !
Et pourquoi? Jugeais-tu ce grade superflu ?
Trouvais-tu par hasard que c'était ânerie
De m'épouser après m'avoir un peu flétrie ?
Ce scrupule n'a pu qu'être fort passager,
Puisque j'avais remis de la fleur d'oranger !

ARLEQUIN.

Madame !

COLOMBINE.

Enfin ton cœur a changé, c'est notable.
Tu t'en vas t'amuser, dès que tu sors de table
Dans des endroits sans nom où s'use ta santé.
Moi, tu comprends, quand j'ai vu ça, j'ai constaté
Que notre pauvre amour ne battait que d'une aile,
Alors, j'ai cru devoir aimer Polichinelle !

ARLEQUIN.

Aimer Polichinelle ! Un être biscornu,
Si laid, qu'il n'a jamais osé se mettre nu !

COLOMBINE.

Jamais osé ?

ARLEQUIN.

Dit-on.

COLOMBINE.

Il faut toujours qu'on glose,
Sur ce qu'on ne sait pas. Je vous réponds qu'il ose.

ARLEQUIN.

Ventrebleu !

COLOMBINE.

Vous jurez ?

ARLEQUIN.

On jurerait à moins...
Dès demain ce monsieur recevra mes témoins...
Je vais le transpercer, ce fat qui vous courtise.

COLOMBINE.

Arlequin, mon ami, tu dis une bêtise.

ARLEQUIN.

Je ne me battrai pas avec ce céladon,
Ce paillard ?...

COLOMBINE.

Non. Tu n'y songes pas..

ARLEQUIN.

Tu crois donc
Que j'ai peur de lui ?

COLOMBINE.

Non. Mais tu n'as nulle envie
D'aller sur le terrain pour y risquer ta vie.

ARLEQUIN.

J'irai.

COLOMBINE.

Tu n'iras pas. Pourquoi te battrais-tu?

ARLEQUIN.

Pour préserver ce qu'il te reste de vertu.

COLOMBINE, incrédule.

Bah! bah !

ARLEQUIN.

Je me battrai. Peut-être, au pied d'un arbre,
On trouvera demain mon corps froid comme un
                                        [marbre !
Je m'en irai, tout jeune, au pays inconnu
Et sombre, d'où personne encor n'est revenu...

                    Mouvement de Colombine.

Oh ! je n'espère pas que mon trépas vous navre :
Mais lorsque vous verrez à vos pieds mon cadavre
Inanimé, sanglant, hideux... versez un pleur...
Par décorum du moins, si ce n'est par douleur,
Puis faites déposer quelques fleurs sur ma tombe...

COLOMBINE.

Que c'est bien de vouloir mourir pour ta Colombe !

ARLEQUIN.

Oui, c'est bien !

COLOMBINE.

Je t'adore !

ARLEQUIN.

Et lui ?

COLOMBINE.

Qui ?

ARLEQUIN.

L'avorton
Dont le nez veut rejoindre à tout prix le menton,
Ce difforme pantin sculpté d'après la bosse ?...
Dont la voix s'est usée à trop faire la noce ?...

COLOMBINE.

Polichinelle, je ne l'ai jamais aimé !

ARLEQUIN.

Il était là pourtant, avec vous, renfermé :
Ah ! j'ai bien rarement subi souffrance pire !

COLOMBINE.

Personne n'était là.

ARLEQUIN, soudain confiant.

Vrai ?

COLOMBINE.

Bien vrai.

ARLEQUIN.

Je respire...

J'ai pourtant entendu sa voix.

COLOMBINE.

C'était ma voix.

ARLEQUIN, éclatant de rire.

C'était... mes compliments très sincères... je vois
Que tu possèdes des talents d'imitatrice.
Tu devrais t'engager aux Français comme actrice...
Dire que ton petit mari te querella !
Ai-je été sot de croire à cette farce-là !
Allons, puisque ce n'est qu'une plaisanterie,
Je m'en vais...

COLOMBINE.

Quoi ? Comment ?

ARLEQUIN.

A bientôt, ma chérie.

Il reprend son chapeau et sa canne.

COLOMBINE, à elle-même.

Il part ! Je suis volée alors ! Il part content
Et rassuré. Nous allons voir.

A Arlequin.

C'est bien, va-t'en.

Arlequin s'apprête à sortir.

Voyons, mon Arlequin, reste.

ARLEQUIN.

Il faut que je sorte.

COLOMBINE.

Soit! Je le fais venir, si tu passes la porte.

ARLEQUIN.

Et qui donc?

COLOMBINE.

Lui!

ARLEQUIN.

Qui, lui?

COLOMBINE.

Polichinelle, enfin.

ARLEQUIN.

Cherche un autre moyen moins banal et plus fin :
Celui-là ne prend plus... Tu ris... Quelque mystère
Encore ? (Colombine rit plus fort.) As-tu bientôt fini ?...

Rires.

Veux-tu te taire?

Ah! je sens ma fureur monter comme le flux.

COLOMBINE, imitant Arlequin en riant aux éclats.

« Cherche un autre moyen, celui-là ne prend plus! »

ARLEQUIN.

Je suis heureux que vous trouviez drôle ma phrase...

Colombine rit toujours.

Si pourtant ce rival existe, je l'écrase !
Mais tu mens et j'ai tort de me mettre en émoi...
Comment, vous voudriez me faire croire — à moi —
Que le cœur d'un bossu vous semble préférable
Au mien?... Non, vous mentez.

COLOMBINE, reprenant son sérieux.

Je vous trouve admirable
De décider ainsi dans quel instant je mens.
Non, nous obéissons à nos tempéraments ;
Vous êtes très coureur, je suis un peu volage,
Nous avons tous les deux plus de vingt ans : c'est
Où, même quand on s'est juré fidélité,   [l'âge
Il est permis d'aimer chacun de son côté.

ARLEQUIN.

Bref, j'ai décidément des cornes sur la tête?
Je ne me battrai pas pour vous, ce serait bête.
Mon idée, à laquelle il faut vous rallier,
Est de faire deux parts de notre mobilier,
Après quoi je prendrai ma route, vous la vôtre,
Car Dieu ne nous fit pas, madame, l'un pour l'au-
                                        [tre.

COLOMBINE.

Comme dans ce poème émouvant et cruel
Intitulé *la Robe*, et signé MANUEL.
Nous allons partager nos frusques !

ARLEQUIN.

Péronnelle,
Vous pouvez retourner près de Polichinelle !

COLOMBINE.

Sans doute, et mon bonheur ainsi sera complet.

ARLEQUIN.

Commençons par l'armoire à linge, s'il vous plaît.

COLOMBINE.

Il me plaît.

Ils ouvrent une grande armoire, en tirent les objets au fur
et à mesure qu'ils les nomment, et ils en font deux paquets.

ARLEQUIN.

Mes faux cols, bien. Où sont mes chemises ?

COLOMBINE.

Probablement, mon cher, où vous les avez mises.

ARLEQUIN.

Polichinelle, aimer Polichinelle !

COLOMBINE.

Après ?

ARLEQUIN.

Avec sa bosse et son œil de poisson pas frais.

COLOMBINE.

Ah ! n'en dégoûtez pas les autres. Par envie,
Ai-je raillé jamais Rosine ou bien Sylvie ?

ARLEQUIN.

Rosine ?

COLOMBINE.

Faites donc l'homme étonné, mon cher.
Je sais tous vos amours, ça me coûte assez cher.

ARLEQUIN.

Ça vous... Appelez-moi tout de suite...

COLOMBINE, empaquetant.

Chaussettes,
Caleçons... Des rubans enfouis dans ces cassettes...

ARLEQUIN.

Des rubans ?... Revenons, c'est juste, à nos moutons !
Une boîte de gants cinq et quart, dix boutons !

COLOMBINE

A moi. Que voulez-vous ? c'était ma théorie.
Je me suis toujours dit : si papa me marie
Et que mon mari coure après un cotillon,
Œil pour œil ! Je ferai ce que fit Francillon...

                              continuant d'empaqueter.

Douze mouchoirs dont trois sales. Je les isole.

ARLEQUIN.

Trois foulards, un noir, deux blancs...

COLOMBINE.

Une camisole.

ARLEQUIN.

Aux yeux du monde, et j'en connais bien les dessous,
Vous êtes condamnée et moi je suis absous.
En aimant, moi Rosine, et vous Polichinelle,
Je ne sais qu'inconstant, vous êtes criminelle '

COLOMBINE.

Pouvez-vous m'expliquer ce fait si peu normal ?

ARLEQUIN.

Ne le comprenant pas, je l'expliquerais mal.

COLOMBINE regarde dans l'armoire.

Tout est vide ; plus qu'un vieux gilet de flanelle.

ARLEQUIN, à lui-même.

On dit qu'il a beaucoup de goût, Polichinelle.
Il passe même pour être un grand séducteur,
Il aime Colombine, en somme, c'est flatteur !

Il lui trouve l'œil vif et la mine fleurie,
Il n'aurait pas aimé Rosine, je parie !
J'éprouve un sentiment drôle.

COLOMBINE.

Voici vos loups.

ARLEQUIN, à lui-même.

Suis-je navré d'être cocu ? Suis-je jaloux ?

COLOMBINE.

Oh ! ma fleur d'oranger !

ARLEQUIN.

Tu ne l'as pas soignée,
On la voit à travers des toiles d'araignée !

Colombine retourne à l'armoire. A lui-même.

Le bossu n'a pas tort. Rosine n'est pas mal,
Mais ma femme est bien mieux. Je suis un animal
De l'avoir négligée ainsi... Svelte et jolie...
Depuis notre union, je la trouve embellie.

COLOMBINE, tirant les derniers objets de l'armoire vidée.

Ceci fut un gant blanc. Cela, le nœud brodé
Que je mis pour aller un soir à Saint-Mandé.

ARLEQUIN.

Il t'allait joliment.

COLOMBINE, piquant le nœud dans ses cheveux.

Il me va bien encore.

ARLEQUIN.

Oui, ton minois est plus futé, ça le décore.

COLOMBINE.

Te souvient-il à Saint-Mandé, du restaurant...

ARLEQUIN, poétique.

Où je mangeai trois fois du filet de hareng.

COLOMBINE.

Après quoi nous avons été dans les bois sombres.

ARLEQUIN.

La lune profilait sur le sol nos deux ombres.

COLOMBINE.

Nous nous sommes assis pour bavarder un brin.

ARLEQUIN.

Et l'amour nous a fait rater le dernier train !

COLOMBINE.

Beaux jours trop tôt passés !

ARLEQUIN.

Souvenirs de jeunesse !

COLOMBINE.

Pour moi, je ne crois pas que ce passé renaisse !

ARLEQUIN.

Colombe, qui l'eût cru ?

COLOMBINE.

Arlequin, qui l'eût dit ?

ENSEMBLE.

Que notre heur fût si proche, et si tôt se perdît !

COLOMBINE.

Tiens! Nous avons tous deux ce vers dans la mémoire.

ARLEQUIN.

Sympathie.

COLOMBINE, haussant l'épaule.

Allons donc! — Vois, j'ai vidé l'armoire !
Tout est-il partagé, nos couverts et nos ronds ?

ARLEQUIN, triste.

Il est donc décidé que nous nous séparons ?

COLOMBINE.

Mon ami, ce projet vient de vous.

ARLEQUIN.

Il est bête.

COLOMBINE.

Pas du tout. Mes paquets sont faits et je suis prête.

ARLEQUIN.

Tu ne me juges pas suffisamment puni ?
Puisque je n'aime plus Rosine. C'est fini !

COLOMBINE, riant.

Vrai ?

ARLEQUIN.

Bien vrai, mon trésor, bien vrai, ma tourterelle,
Je n'ai même jamais senti d'amour pour elle.
Si je t'ai fait des traits, vois-tu, c'est par dépit.
Mes amis se moquaient tous de moi sans répit.
Arlequin marié, bourgeois, pot au feu, père !
Quand on m'appelle pot au feu, ça m'exaspère.
« Il est fini le temps du galant enjôleur, »
Disaient-ils tous, « il ne peut plus. » Alors pour leur
Prouver que j'étais bon encore à quelque chose,
J'ai repapillonné, moins par goût que par pose.

Mais vois-tu, c'est fini, je songe à me ranger,
Je vais être pur comme une fleur d'oranger.

COLOMBINE, à elle-même.

L'homme est un animal bizarre tout de même.

ARLEQUIN.

Je vais t'aimer, mon cœur, presque autant que je
Tu ne me pinceras jamais te négligeant, [m'aime;]
Je n'aurai plus que mon habit qui soit changeant.

COLOMBINE, à elle-même.

Si le drôle était sûr que je suis innocente,
Comme il me trouverait bien moins intéressante!

ARLEQUIN.

D'ailleurs que ferais-tu, Colombe, d'un amant
Comme ce vieux bossu, buveur, lâche, gourmand?
Viens, nous retournerons tous deux dans les bois
La lune devant nous allongera nos ombres, [sombres,
Le rossignol nous chantera son doux refrain
Et nous reraterons encor le dernier train.

COLOMBINE.

Allons, bel arc-en-ciel, je me réconcilie,
Certaine que je fais encore une folie...
Mais je veux te parler comme on parle aux enfants:
Si je te vois toucher aux jeux que je défends,

Si tu t'en vas après souper, si tu voisines
Chez les Laïs, chez les Phrynés, chez les Rosines,
Si tu comptes encor me traiter en jouet
Qu'on peut briser; au lieu de te donner le fouet,
— Comme il est toujours dans la rue, en sentinelle.. —

ARLEQUIN.

Eh bien ?

COLOMBINE.

Eh bien, j'irai chercher Polichinelle !...

Rideau.

LES NUITS D'OCTOBRE

A MAURICE DE FÉRAUDY.

PERSONNAGES :

LAMUSE.	MM. DE FÉRAUDY.
LEPOAITE.	G. BERR.

LES NUITS D'OCTOBRE

La scène est divisée en deux parties. A gauche, chambre de Lepoaite, à droite, chambre de Lamuse. Deux intérieurs fort simples. Lits, tables de nuit, chaises. Au lever du rideau, Lamuse, dans son lit, ronfle à poings fermés. Lepoaite entre chez lui, accroche son chapeau, après avoir allumé sa bougie, remonte sa montre, puis tout à coup bondit en entendant les ronflements de Lamuse.

SCÈNE UNIQUE

LEPOAITE, LAMUSE.

LEPOAITE.

Ah ! non ! non !... c'est trop fort ! Il est déjà rentré, l'animal, il est déjà rentré ! Et il ronfle, plus fort qu'il ne ronflait hier, moins fort qu'il ne ronflera demain ! J'ai emménagé ici le 15; petite chambre coquette, pas de luxe, j'ai horreur du luxe... Le 16 au soir, qu'est-ce que je consttae ? Je constate que j'ai un voisin qui ronfle ; impossible de m'endormir, parce que moi, j'ai ceci de particulier : quand je dors, rien ne me réveille ; mais au moment précis où je m'endors, il me faut du silence. (Ronflements.) Là ! là ! l'entendez-vous, l'animal ?... C'est crispant ! crispant ! depuis le 15, mes nuits sont blanches ! J'en ai eu une noire, une seule, le 18, parce que je suis rentré avant lui ; il était dix heures et demie. Cette nuit-là, je me suis endormi tranquille, dans le silence ! Le lendemain, à dix heures un quart, tuyau d'orgue ! Alors je suis rentré à dix heures, puis à neuf heures, il était toujours là avant moi, ronflant ! Aujourd'hui, regardez vos montres, il est huit heures un quart, — il est rentré ! (Ronflements.) Oh! ce bruit! Crrr ! (Il frappe des mains.) C'est pour le faire taire !... Là ! en voilà pour cinq minutes!... Vite, couchons-nous ! (Il enlève ses bottines.) Demain, je ne dînerai pas ! Je rentrerai à six heures !... Et le 15 janvier, je déménage, oh ! je déménage !... (Ronflements.) Aïe ! ça recommence !... Je vais frapper des mains. (Les bottines à la main.) Et l'ennuyeux, c'est que, tant que je frappe des mains, il se tait ; mais je ne peux pas dormir, puisque je fais du bruit, et quand je m'arrête, il recommence à ronfler ; et je ne peux pas dormir non plus. C'est un cercle vicieux.... (Il dépose ses bottines au pied de la chaise et continue à parler en frappant des mains.) J'en ai parlé au concierge ; il m'a dit que sa femme ronflait et que ça ne le gênait pas. Avant-hier, j'ai couché à l'hôtel, mais ça revient trop cher. Je n'ai pas le moyen... Je suis employé de commerce. Lui aussi, d'ailleurs, il est employé de commerce. Il a une vieille tante, madame Dupillard, sage-femme à Grenelle. Je me suis renseigné. Un gaillard qui me prend toutes mes nuits, n'est-ce pas, c'est bien le moins que je m'intéresse à ce qu'il fait. (Ronflements.) Ah ! ah ! ah ! (Trouvant une idée.) Oh ! (Il prend son métronome et le met en mouvement.) Une de mes toquades, ça : je veux apprendre le piano. Ça coûte neuf cents francs ; alors je me suis acheté un métronome. C'est un commencement. (Il pose le métronome contre le mur.) Ça y est ! il se tait ! L'idée est géniale ! Je vais dormir ! (Un temps.) Oui, mais le métronome me gêne, maintenant ! Sapristi !... (Il disparaît derrière ses rideaux de lit.) Toc ! Toc ! Toc ! Non, c'est impossible ! (Il reparaît et arrête le métronome.) Dieux ! que c'est fatigant de

6.

se reposer !... (Ronflements.) Eh ! je deviendrai fou !
je... Oh ! la bonne idée !... Mes pantoufles ! Nous
allons rire !... Dupillard... Grenelle...

Il sort.

LAMUSE, chez lui, ronflant.

Rrrrr ! rrrrr !

LEPOAITE, frappe à la porte de Lamuse.

Hé ! là ! hé ! monsieur !

LAMUSE.

Qu'est-ce que c'est ? Le feu ?

LEPOAITE.

Non ! votre tante...

LAMUSE.

Eh bien ! ma tante !

LEPOAITE.

Dupillard !

LAMUSE.

De Grenelle... Après !

LEPOAITE.

Très malade...

LAMUSE.

Ah ! sapristi !

Il se lève et allume la bougie.

LEPOAITE.

Elle vous réclame ; vite ! vite !

LAMUSE.

Je vous suis... Ma pauvre tante ! Ah ! mon Dieu !
Comment ! Je la quitte ce matin... (Lepoaite frappe.)
Voilà ! voilà ! Mon pantalon... je la quitte ce matin...
Je vous suis... Ah ! mon Dieu ! Je vais prendre
une voiture à l'heure... Mon chapeau... Comment,
je la quitte ce matin... Quel affreux événement...
(Lepoaite frappe.) J'y vais... voilà !... Mon mouchoir...
Ma pauvre tante... S'il est possible !... Comment,
je la quitte ce matin... en lui disant...

Il sort, affolé.

LEPOAITE, rentrant chez lui. Il prend son réveille-matin
sur la cheminée et le remonte en parlant.

N'est-ce pas ? elle est drôle !... Elle est drôle, et
puis je vais pouvoir dormir... Pourvu que demain
je rentre avant lui... ça serait difficile de trouver
une nouvelle farce tous les soirs... On me dira : « Mais
pourquoi ne vas-tu pas coucher chez Anna, chez ton
Anna, rue Boissière ? » Oui, je sais bien... Mais
Anna a un riche protecteur... et profiter d'un confortable qu'on ne s'est pas ménagé soi-même, il n'y
a pas à dire, c'est indélicat ! J'ai peut-être des idées

arriérées...c'est le résultat d'une éducation solide...
Une très bonne fille, Anna... Et puis je ne l'aime
pas... Je ne pense à elle qu'au moment précis où
je la vois... Elle me prend une heure tous les jours...
Mon dimanche, quand il pleut..., le rêve, quoi !
j'ai trouvé le rêve... (Il remonte son réveille-matin.) A
six heures..., par acquit de conscience ; je suis sûr
qu'il ne me réveillera pas..., j'ai un sommeil de
plomb... et, comme je n'ai pas dormi depuis le 18,
vous pensez... (Il disparaît derrière ses rideaux, enlève son
pantalon et reparaît en caleçon. Il dépose son pantalon sur la
chaise.) Bien avant Jésus-Christ, un ancien avait
trouvé le moyen de se réveiller... Périclès ou Pisistrate— un Romain toujours... Lorsqu'il travail-
lait, il avait son livre à la main droite, la main
gauche tenait une grosse boule en or — et sous la
main qui tenait la grosse boule, une esclave zélée
avait placé une cuvette également en or... Dans
ce temps-là, l'or avait moins de valeur qu'aujour-
d'hui... Lorsque ce jeune Romain, fatigué de lire,
s'assoupissait, la main gauche naturellement lâ-
chait la boule, qui tombait avec fracas dans la cuvette : le bruit réveillait le jeune Romain, qui re-
prenait son travail. C'est une des plus jolies anec-
dotes de l'antiquité. (Il ôte sa cravate et plie ses vête-

ments avec soin.) J'ai souvent pensé à ce moyen-là,
mais, outre que mes ressources ne me permettent
pas d'acheter une boule et une cuvette en or, il fau-
drait arriver à ce que, m'endormant à minuit, je
ne lâche la boule qu'à six heures précises du matin. C'est là tout le problème... Sûr de n'en pas trouver la solution ce soir, j'ai prié le concierge de me
réveiller à six heures. (Il redescend — au public.) Dans
le cas où je ne l'entendrais pas frapper, je vous serais bien obligé... Merci. (Il se couche. Une fois couché,
il tire son rideau; le public le voit; il éteint la bougie.) Le
voilà donc, le silence ! C'est bon de ne pas entendre ronfler... Il va peut-être rester chez sa tante...,
à Grenelle... C'est bon, le silence... Moi il me faut
du silence... Pourvu que je me réveille à six heures... La boule en or... Pisistrate...

Il s'endort.

LAMUSE, rentrant chez lui. Il descend la scène, le chapeau
sur le nez.

C'était une farce. Jamais ma tante ne s'est
mieux portée. On m'a fait une farce : elle n'est pas
drôle. Par exemple, vous rencontrez un petit monsieur maigre, sur le boulevard, vous lui flanquez
un grand coup de pied dans le derrière... Il se retourne furieux et vous lui dites : « Pardon, mon-

sieur, je vous prenais pour un de mes amis »; voilà
une farce drôle. Mais celle qu'on m'a faite ce soir,
elle est bête. Maintenant je la trouve peut-être sans
esprit, parce que c'est à moi qu'on l'a faite. L'homme
est ainsi. (Lepoaite, dans son lit, ronfle bruyamment.) Ah !
bon ! Voilà autre chose maintenant ! Nom d'une
bobine ! Je vis tranquille ici depuis deux ans, et,
il y a huit jours, le propriétaire me colle dans la
chambre à côté... ça !... et je ne peux pas souffrir
les gens qui ronflent. Je les trouve exaspérants.
J'ai divorcé une fois, parce que ma femme ronflait.
Ainsi, tenez, le 18, ma nuit du 18 octobre, elle a
été blanche ! Mon voisin était rentré avant moi,
il ronflait, je n'ai pas pu m'endormir, parce que
moi, j'ai ceci de particulier : quand je dors, rien
ne me réveille, mais au moment où je m'endors,
il me faut du silence ! Alors, le lendemain, je me
suis couché à neuf heures, pour le devancer. Aujourd'hui, regardez vos montres, il est huit heures
et demie, il dort ! Nom d'une bobine, ça ne se passera pas comme ça !... Il faut qu'il s'en aille ou
qu'il consulte !... Je veux dormir, moi! C'est une
fantaisie comme une autre! Elle est gaie, ma nuit
du 23. Elle s'annonce bien !

Il sort.

LEPOAITE, chez lui, ronflant.

Rrrr! rrrrr!

LAMUSE, frappant à sa porte.

Hé! monsieur! hé!

LEPOAITE, de même.

Rrrr! rrrrr!

LAMUSE.

Monsieur! un mot! un mot en particulier! Hé!
là! Nom d'une bobine! Monsieur!

LEPOAITE, sursautant.

Six heures! Déjà six heures! Sapristi!

Il allume sa bougie.

LAMUSE.

Ouvrez!

LEPOAITE.

Suis fatigué... Qui est là? Le concierge?

LAMUSE.

Non! Moi! Ouvrez!

LEPOAITE.

Mais, monsieur...

LAMUSE.

Ah! j'enfonce la porte!

LEPOAITE.

Eh ! non, voilà.

Il ouvre.

LAMUSE.

Un mot, monsieur, un mot seulement !

LEPOAITE.

A qui ai-je l'honneur...

LAMUSE.

J'en ai assez ! Ça dure depuis le 15 ; nous sommes le 23, voyez un spécialiste ou déménagez.

LEPOAITE.

Qu'est-ce que c'est ? Qu'est-ce qu'il y a ?

LAMUSE.

Vous comprenez ! je suis votre voisin...

LEPOAITE, furieux.

Ah ! c'est vous...

LAMUSE.

Eh bien ! je vous déclare que c'est intolérable !

LEPOAITE.

Mais quoi ?

LAMUSE.

Quand on a cette déplorable infirmité, on habite seul, à la campagne, en forêt !...

LEPOAITE.

Je...

LAMUSE.

Moi, les gens qui ronflent, ça me rend fou.

LEPOAITE.

Qu'est-ce qu'il dit ?

LAMUSE.

Je dis que je me plaindrai au propriétaire. Vous m'empêchez de dormir.

LEPOAITE.

Ah ! elle est forte ! non, celle-là, elle est forte !

LAMUSE.

Quoi, forte ?

LEPOAITE.

J'aime mieux rire ! Ecoutez, il vaut mieux rire !

LAMUSE.

Monsieur !...

LEPOAITE.

Comment, monsieur, voilà huit jours que je n'arrive pas à fermer l'œil à cause de vous...

LAMUSE, stupéfait.

Qu'est-ce que vous dites ?

LEPOAITE.

Mes ronflements vous gênent ? Mais ce sont les vôtres que vous entendez, ce n'est pas possible !

LAMUSE.

Les miens ! Ah ! nom d'une bobine ! Vous me reprochez...

LEPOAITE.

Oui, je vous reproche, oui, je vous reproche...

LAMUSE.

Quoi, vous qui me donnez toutes les nuits l'impression d'un tonnerre constant...

LEPOAITE.

Tonnerre vous-même !

LAMUSE.

Ah ! n'insultez pas !

LEPOAITE.

Tonnerre ! j'ai dit.

LAMUSE.

Retirez tonnerre !

LEPOAITE.

Je le maintiens !

LAMUSE.

Vous maintenez tonnerre ?

LEPOAITE.

Oui!

LAMUSE le gifle.

V'li!

LEPOAITE le gifle.

V'lan!

Un temps.

LAMUSE.

Et maintenant, parlons de sang-froid.

LEPOAITE.

Je veux bien.

Ils s'asseoient.

LAMUSE.

Vous prétendez que je ronfle.

LEPOAITE.

Je certifie...

LAMUSE.

Voilà qui est entendu, je ronfle.

LEPOAITE.

C'est heureux.

LAMUSE.

Maintenant, j'affirme que vous ronflez.

LEPOAITE.

Moi?

LAMUSE.

J'affirme.

LEPOAITE.

Eh bien, je ronfle. Après?

LAMUSE.

Après, il faut tâcher de nous arranger pour ne nous gêner ni l'un ni l'autre.

LEPOAITE.

Déménagez.

LAMUSE.

Non! Je vois de ma fenêtre le dôme des Invalides. Je ne retrouverais pas ça.

LEPOAITE.

Voyons un spécialiste.

LAMUSE.

Non, faut avoir le courage de ses actes. Nous ronflons, nous ronflons. Je le répète, arrangeons-nous pour ne pas nous troubler l'un l'autre, mais ronflons.

LEPOAITE.

« J'aime mon mal, j'en veux mourir. »

LAMUSE.

Parfaitement.

LEPOAITE.

Dormez le jour, je dormirai la nuit.

LAMUSE.

Oui, mais mes affaires me tiennent surtout dans l'après-midi.

LEPOAITE.

C'est bizarre !

LAMUSE.

C'est comme ça. D'un autre côté, me faire allumeur de reverbères ou garçon d'un restaurant de nuit, c'est périlleux. Je n'ai plus l'âge. Il aurait fallu commencer plus tôt.

LEPOAITE.

Tout ça, c'est insoluble.

LAMUSE.

Il y a peut-être un moyen...

LEPOAITE.

Voyons !

LAMUSE.

Rentrons à la même heure, couchons-nous en même temps, endormons-nous ensemble.

LEPOAITE.

L'idée est à creuser.

LAMUSE, se lève.

Tenez, nous allons essayer tout de suite. Je vais passer dans ma chambre, nous nous coucherons et nous nous endormirons au bout de trois.

LEPOAITE, se lève.

Au bout de trois... C'est entendu.

LAMUSE.

Au revoir, monsieur... enchanté que notre commune infirmité m'ait donné l'occasion de faire votre connaissance.

LEPOAITE.

A Dieu ne plaise, monsieur, que j'oublie cette charmante conversation dont le début un peu brusque m'a fait goûter davantage le charme des dernières minutes que nous venons de passer ensemble.

LAMUSE.

Monsieur... ?

LEPOAITE.

Lepoaite, Jacques Lepoaite.

LAMUSE.

Moi, Lamuse, Louis Lamuse.

LEPOAITE.

Nous devions nous entendre, monsieur.

LAMUSE.

Monsieur...

LEPOAITE.

Monsieur... (Lamuse sort.) Il est charmant! Et puis il ronfle... comme moi! Il est tout à fait charmant!

Il arrange son lit.

LAMUSE, chez lui, criant à Lepoaite.

Alors, vous en êtes bien sûr, j'ai le sommeil bruyant?

LEPOAITE.

Oh! formidable!

LAMUSE.

C'est très curieux!

LEPOAITE.

Et moi?

LAMUSE.

Vous? Le tonnerre! je vous l'ai dit tout à l'heure, le tonnerre!

LEPOAITE.

C'est très drôle!

LAMUSE.

Très drôle!

LEPOAITE, couché.

Après tout, ça n'est pas une infirmité.

LAMUSE.

Qui est-ce qui a dit ça?

LEPOAITE.

Vous, tout à l'heure!

LAMUSE.

J'ai exagéré!

LEPOAITE.

C'est un travers, voilà tout...

LAMUSE.

Un petit travers!

LEPOAITE.

Qui ça gêne-t-il? je vous le demande?

LAMUSE.

Moi aussi!

LEPOAITE.

C'est distrayant!

LAMUSE.

C'est mélodieux!

LEPOAITE.

C'est adorable!

Lamuse s'est déshabillé derrière ses rideaux ; il reparaît en caleçon.

LAMUSE.

Vous m'avez pris mon mot! C'est adorable!

LEPOAITE.

Somme toute, je suis très content!

LAMUSE.

Ravi, moi, ravi!

LEPOAITE.

Vieux Lamuse!

LAMUSE.

Bon ami!

Lamuse disparaît de nouveau derrière ses rideaux; on entend un léger bruit de faïence contre le bois.

LEPOAITE, couché.

Nous y sommes?

LAMUSE, couché.

Je suis couché.

LEPOAITE.

Les bougies?

7.

LAMUSE.

Un, deux, trois.

Ils soufflent.

LEPOAITE.

Eteintes.

LAMUSE.

Tête sur l'oreiller?

LEPOAITE.

Elle y est.

LAMUSE.

Nous partons?

LEPOAITE.

Attends, hé? J'ai une fausse position.

LAMUSE.

Je ne suis pas pressé.

LEPOAITE.

J'y suis.

LAMUSE.

Tu as fait ta prière?

LEPOAITE.

Hé?

LAMUSE.

Tu as fait ta prière?

LEPOAITE.

Oh! oui.

LAMUSE, à lui-même.

Croyant, il est croyant. C'est un croyant.

LEPOAITE.

Et toi?

LAMUSE, avec force.

Oh! non.

LEPOAITE, à lui-même.

Athée, il est athée. C'est un athée!

LAMUSE.

Un, deux, trois.

Ils s'endorment. Un long temps.

LEPOAITE, rêvant.

Anna!

LAMUSE, de même.

Ma petite Anna!

LEPOAITE, après un temps.

Anna!

LAMUSE.

Anna!

LEPOAITE, très fort.

Anna!

LAMUSE, réveillé.

Qu'est-ce que c'est? Le feu?

LEPOAITE, rêvant toujours.

Ma chère Anna!

LAMUSE.

Qu'est-ce qui parle d'Anna?

LEPOAITE.

...Menez-moi rue Boissière!

LAMUSE.

Rue Boissière? Anna?

LEPOAITE.

Tout de suite... Rue Boissière!

LAMUSE, bondissant hors de son lit.

Ah! bien. Voilà autre chose à présent! Nom d'une bobine! Ce n'est pas possible! Une femme qui me disait encore hier : « Toi et ma mère, vous êtes les deux seuls êtres que j'aime! »

LEPOAITE.

Ma petite Anna!

LAMUSE.

Oh! il faut que j'en aie le cœur net!... Pristi!... quelle nuit! (Ronflements.) Et il parle! et il ronfle!

(A la porte de Lepoaite.) Monsieur! monsieur! Ça serait trop fort! Monsieur!

LEPOAITE, réveillé.

Six heures? Déjà? Sapristi!

LAMUSE.

Non, ça n'est pas six heures, c'est moi!

LEPOAITE.

Encore! Mais ça allait très bien! Je dormais!

LAMUSE.

Ouvrez!

LEPOAITE, à lui-même.

Il commence à m'ennuyer.

LAMUSE, entrant, bougie allumée.

Vous connaissez Anna?

LEPOAITE.

Je...

LAMUSE, sanglotant.

Ah! mon Dieu! mon Dieu!

LEPOAITE.

Qu'est-ce que c'est? Il pleure?

LAMUSE.

Anna! mon Anna!

LEPOAITE.

Il est peut-être somnambule.

LAMUSE, se précipitant sur lui, bougie allumée.

Misérable !

LEPOAITE.

Hé, là ! les taches !

LAMUSE.

Comment l'as-tu connue ? Où l'as-tu vue ? hein ?

LEPOAITE.

Je...

LAMUSE.

Tu mens ! Je te dis que tu mens ! Mon Anna est à moi, bien à moi !

LEPOAITE.

Mais...

LAMUSE.

C'est impossible !... Dis-moi que c'est impossible !

LEPOAITE.

Oh !...

LAMUSE.

Tais-toi ! Réponds !

LEPOAITE.

Ah! vous m'ennuyez, à la fin! Je veux dormir! Je travaille demain, moi! Nous reparlerons de tout ça demain!

LAMUSE, furieux

Demain?

LEPOAITE

Ah! pas les gifles... Hein?...

LAMUSE, tombant sur une chaise.

Ah! mon Dieu! mon Dieu!

LEPOAITE.

C'est une crise... une crise de quelque chose... les nerfs, peut-être... Voyons, je vous ai peut-être encore empêché de dormir? Je vais déménager, là! Mais ne pleurez pas, voyons!...

LAMUSE.

Ça n'est pas mon sommeil troublé que je pleure, c'est mon bonheur perdu!...

Il souffle sa bougie.

LEPOAITE.

Votre bonheur est perdu?

LAMUSE.

Oui.

LEPOAITE.

Votre tante est morte?...

LAMUSE.

Non, ma tante va bien, — et, entre parenthèses, je ne serais pas fâché de savoir quel est le farceur... Mais c'est autre chose, ça. Pour le moment, occupons-nous d'Anna.

Lepoaite allume sa bougie.

LEPOAITE.

Anna...

LAMUSE.

Oui! Vous connaissez une Anna?

LEPOAITE.

Je connais une Anna.

LAMUSE.

Une Anna, rue Boissière?

LEPOAITE.

Rue Boissière.

LAMUSE.

Mon Dieu! Mon Dieu!

LEPOAITE.

Ça reprend!... La crise reprend!... Voyons, mon

ami, il n'y a qu'une rue Boissière, mais il y a peut-être deux Anna.

LAMUSE.

Oui...

LEPOAITE.

Comment s'appelle la vôtre?

LAMUSE.

Bongiron.

LEPOAITE.

Ah! La mienne, Planchard.

LAMUSE.

Vrai?

LEPOAITE.

A quel numéro de la rue Boissière demeure Bongiron?

LAMUSE.

Au 2.

LEPOAITE.

La mienne au 68.

LAMUSE.

Vrai?...

LEPOAITE.

Vrai, — comme je ronfle ! Maintenant, allez vous
coucher.

LAMUSE.

Ah ! mon ami !

LEPOAITE.

Demain, les épanchements !

LAMUSE.

Oui... Aussi, comment ai-je pu soupçonner?...
On est bête quand on aime.

LEPOAITE.

Oh ! oui !... Allons, à demain !

LAMUSE.

Et pardon de vous avoir dérangé...

LEPOAITE.

Demain les excuses, demain !...

LAMUSE.

Une femme qui me disait encore hier...

LEPOAITE.

Demain...

LAMUSE.

Non, hier : « Toi et ma mère... »

Il sort.

LEPOAITE.

Mon Anna ne s'appelle pas Planchard; elle ne demeure pas au 68. Elle s'appelle aussi Bongiron; elle demeure aussi au 2. Seulement, ç'aurait été encore des larmes, des cris, pendant une heure; j'ai préféré... j'ai besoin de dormir... je travaille demain, moi!...

LAMUSE, chez lui, rallume sa bougie.

Anna va bien rire, quand je vais lui raconter..

LEPOAITE.

Je me fais une fête de raconter à Anna...

LAMUSE, couché.

Nous y sommes ?

LEPOAITE, couché.

Oui, oui.

Ils soufflent leurs bougies.

LAMUSE, riant, à lui-même.

Ai-je été bête de croire ?...

LEPOAITE, à lui-même.

C'est très drôle, cette histoire d'Anna.

LAMUSE.

Deux Anna, rue Boissière, c'est impayable !

Ils rient.

LEPOAITE.

Ah ! voilà que nous rions, à présent.

LAMUSE.

Voyons, soyons sérieux ! Un, deux, trois... (Un temps ; à lui-même.) C'est égal ! je ne serais pas fâché de savoir qui s'est permis de m'envoyer chez ma tante !

LEPOAITE, à lui-même.

Très drôle, tout ça, très drôle !

Un temps.

LAMUSE, s'endormant.

Anna !

LEPOAITE, de même.

Anna !

Ils ronflent.

Rideau.

LE REFUGE

A Mademoiselle J. Ludwig.

PERSONNAGES

TOUPET.............................. M. G. Berr.
UNE DAME .... Mlle Ludwig.

La scène se passe à Paris, entre la rue Drouot
et la rue Richelieu.

LE REFUGE

Un refuge. — Voitures. — Agent.

SCÈNE PREMIÈRE

TOUPET. Il arrive tout courant sur le refuge.

Que de voitures ! (A l'agent.) Dites donc, monsieur l'agent, je voudrais bien traverser. Il faut attendre ?... Trois minutes ? Bien !

Il déploie le *Figaro*.

SCÈNE II

TOUPET, UNE DAME.

TOUPET.

Trois minutes, madame, il faut attendre trois minutes. Toutes les trois minutes, l'agent que vous

voyez là fait un signe pour arrêter les voitures. Le
flot qui les apporta recule épouvanté, et les passants passent. C'est même à ce moment-là qu'ils
méritent le plus le titre de passants. Tant que les
trois minutes ne sont pas écoulées, nous sommes
des séjournants. (A part.) Elle est gentille ! (Un temps.)
En voilà, hein ? des voitures... Urbaine... Camille...
Compagnie générale... et ça file... ça file... Comment voulez-vous passer là-dedans ? Tout ça va
au Bois, ou à ses affaires... Dire que dans chacune
de ces voitures il y a un être qui pense... qui a des
chagrins, des préoccupations, des joies... (A part.)
Elle est gentille ! — Oh ! c'est drôle ! Un cocher
qui ressemble à Lambersac, un ami... vous ne connaissez pas... Oh ! ! ! (La dame sourit.) Ça vous fait
rire. (A part.) Ça la fait rire. — S'embrassaient-ils ?
hein ? s'embrassaient-ils ?... Ah ! tout ça... (A part.)
Elle est très gentille ! — Ah bon ! ah bien ! un encombrement maintenant... les voitures s'arrêtent...
c'est gai !... Dites donc, monsieur l'agent, faites-
nous un passage... Impossible ? Les voitures se
suivent de trop près ? Vous voulez rire, monsieur
l'agent ? (A la dame.) Il veut rire ! C'est que je suis
pressé, les Paoulard m'attendent. (La dame sourit.)
Ça vous amuse, ce nom de Paoulard. Moi, je m'ap-

pelle Toupet. Je suis très timide. (La dame sourit.) C'est vrai, je suis bavard, mais très timide. (Il regarde sa montre.) Saprédié ! Six heures cinq ! (La dame s'asseoit sur un petit pliant qu'elle portait à son bras.) Ça, c'est drôle ! Si ! si ! c'est drôle ! et c'est satirique ! Il est impossible de railler plus finement la façon dont la police fait son service !... c'est vrai, on vous laisse là des heures !... (A part.) Elle est fantaisiste ! Elle est très fantaisiste ! — Tiens ! dans une voiture arrêtée, c'est Gauchot !... En voilà un !... Ç'a toujours été très louche, vous savez, son histoire avec Ninetta des Enclos... et on le salue, et on l'estime ! C'est admirable ! Ah ! le monde... Eh ! bien, pour un encombrement, c'est un encombrement ! Il est inutile maintenant que j'aille chez les Paoulard. Ils m'attendaient jusqu'à six heures dix. Nous devions prendre tous trois le train de six heures quarante. Je les rejoindrai à la gare, voilà tout. Ce sont de charmantes gens... un bon ménage... moi, je suis l'ami !... (La dame est énervée.) Oh ! non ! non !... pas ce que vous croyez... madame Paoulard est gentille... mais de là à... oh ! non !... C'est vrai ! on se figure tout de suite des choses... et puis moi, la femme d'un ami... à moins qu'elle ne soit... Ainsi, je connais depuis dix mi-

nutes une femme... Eh! bien, si cette femme était
la femme d'un ami... cela ne m'empêcherait pas...
oui, c'est évident, j'ai des principes... mais quand
on est pincé, les principes... prrrrt ! ! ! si je puis
m'exprimer ainsi ! (Un temps.) C'est à Chatou que
nous dînons !... gentil pays... bien campagne... si
je me marie, j'irai là l'été... (Mouvement d'impatience
de la dame.) Mais rassurez-vous, je ne me marierai
pas... (La dame le regarde.) Je suis pour l'amour libre, on se rencontre n'importe où... sur un refuge,
on s'éprend, on se prend!. . sans se demander qui
on est, d'où on vient, qu'importe ? (La dame s'ennuie. —
A part.) Ça va, ça va très bien ! — C'est drôle, cette
file de voitures immobilisées... Ils doivent s'impatienter, les gens qui sont dedans... Tenez, regardez
Gauchot... il s'impatiente... fripouille, va !... C'est
vrai, ces gens-là... Moi, je ne m'impatiente pas! Je
suis timide, mais je ne m'impatiente pas ! Je suis Ro-
binson sur sa petite île... et vous êtes Vendred..., non!
une autre comparaison serait plus juste Je suis
Ulysse et vous êtes Calypso... voilà! eh bien, j'y reste-
rais toute ma vie sur cette île, toute ma vie !... Elles ne
bougent pas, les voitures! Et on dit qu'il y a du mouvement dans Paris!... (Un temps.) Ah! Calypso... Té-
lémaque... Fénelon... Joli, tout ça ! (Reprenant son

idée.) Toute ma vie ! (Il regarde sa montre.) Saprédié !
Six heures vingt-cinq. Mon train est raté ! (La dame
pleure.) Ah ! mon Dieu ! qu'est-ce que c'est ? Qu'est-
ce qu'il y a ? Vous pleurez ? Parce que mon train
est raté ? Eh ! bien, les Paoulard se passeront de
moi... Ah ! voilà les sanglots maintenant ! Non,
il n'est pas raté, mon train !... Là ! voyons !... il
n'est pas raté !

LA DAME, en larmes.

Il n'a jamais été en retard comme ça !

TOUPET.

Mon train ?

LA DAME.

Adolphe.

TOUPET.

Adolphe a manqué le train ?

LA DAME.

Non.

TOUPET.

Pour Dieu, madame, faites trêve à vos larmes
et expliquez-vous !

LA DAME.

Adolphe m'avait donné rendez-vous ici... sur ce
refuge... à six heures...

TOUPET.

Sur un refuge ?

LA DAME.

Il me donne toujours rendez-vous sur un refuge...
parce qu'il est très myope... et sur un refuge, il
me voit tout de suite... on est isolé, n'est-ce pas ?

TOUPET

Une petite île... Je le disais tout à l'heure... une
petite île...

LA DAME.

Il m'avait dit : à six heures... il est six heures
vingt-cinq... il n'a jamais été en retard comme ça !

TOUPET.

Alors, vous attendez ici un jeune homme ?... un
jeune homme que vous aimez ?...

LA DAME.

Comme il est impossible qu'on aime plus ?

TOUPET.

Comme il est impossible qu'on aime plus... oui.

LA DAME.

Oui.

TOUPET, à part, après un temps.

Elle n'est pas intéressante du tout, cette petite
femme-là !... Elle n'est pas intéressante du tout !

LA DAME.

Tenez, monsieur, je vais vous dire... vous êtes bon, vous !... vous m'avez paru me témoigner de l'intérêt tout à l'heure... Je vais vous dire... Je travaille à des chapeaux chez madame Langlade... vous savez... rue Maubeuge. C'est là que mes parents m'ont mise toute jeune... Une fois qu'ils m'ont eu mise là, ils sont retournés à leurs affaires... Je ne les ai plus revus... Oh ! c'étaient pas de bons parents... Avant Adolphe, je pensais pas à l'amour... Des fois, on me suivait dans la rue... Je changeais de trottoir...J'étais faite pour l'honnêteté, quoi !... Lui, monsieur, il m'a suivie un an... vous entendez ! un an... Un jour, j'allais à l'Odéon avec une de mes amies...(Toupet la regarde.)oui, à l'Odéon !... J'aime tant quand c'est triste !... Nous avons pris l'omnibus pour y aller... il a voulu monter avec nous... mais l'omnibus était complet... eh bien, monsieur, il a couru derrière... jusqu'à l'Odéon... faut du cœur pour ça. — Et la pelure d'orange ? Quand il s'est précipité sur une pelure d'orange, avenue de l'Opéra, parce que j'allais marcher dessus... il avait peur que je tombe... vous savez... les pelures d'orange... (Toupet ouvre son parapluie.) Il pleut ? Eh bien, ça n'est pas trop tôt... Croyez-vous

qu'il en a fait un soleil, ces jours-ci ! (Elle ouvre son
parapluie.) Ils vont être contents les agriculteurs...
(Reprenant son idée)...Et bien d'autres attentions comme
ça qui ne me viennent pas à l'esprit maintenant...
l'ombrelle, le caniche de la rue Caumartin... oh !
mais le caniche de la rue Caumartin, c'était un peu
de sa faute, ça ! (Elle rit.) Il ne le voyait pas, ce
caniche, alors, n'est-ce pas ?... (Elle rit.) Et tout
ça, monsieur, sans me parler, avec un respect dont
vous ne pouvez pas vous faire une idée des bor-
nes !... Au bout d'un an, j'ai eu pitié. Je me suis
dit qu'un homme qui suit une femme pendant un
an est un homme qui aime... et je lui ai souri...
rue Richelieu, devant la Bibliothèque municipale...
(Toupet sourit.) Ça vous amuse ?... Alors, lui, en me
voyant sourire, il m'a dit : Mademoiselle, voilà
trois cent soixante-cinq jours que je marche derrière vous, voulez-vous cette année me permettre
de marcher à côté de vous ?... Alors, moi j'ai dit :
Vous voulez de l'avancement? Alors, lui, il a dit:
oui !... Alors nous avons ri aux éclats tous les
deux, et alors j'ai senti que je l'aimerais toujours...
(Toupet ferme son parapluie.) Il ne pleut plus ?... C'é-
tait une ondée... l'agent se secoue... il est content
qu'il ne pleuve plus... (Elle ferme son parapluie.) Voilà

huit jours de ça, monsieur, nous avons pris cinq
rendez-vous sur ce refuge.., au cinquième, il est
déjà en retard !... (Toupet bâille.) Oui, oh ! tout ça
vous est égal !... vous ne me consoleriez pas pour
un empire !... vous parliez tout à l'heure, vous
parliez même beaucoup... oui, mais voilà... vous
ne saviez pas que j'aimais Adolphe... et maintenant que vous savez que j'aime Adolphe, je ne vous
intéresse plus du tout... Comme c'est humain,
tout ça, tenez, comme c'est humain ! — Oh ! mais
il sera donc éternel, cet encombrement ! Adolphe
est peut-être de l'autre côté, pris par les voitures.....
il attend qu'elles soient passées pour me rejoindre... il doit être impatient... il m'aime tant...
(Toupet fait un mouvement.) Ah ! je vous défends de
douter de ça, par exemple... Taisez-vous ! L'amour
pur et chaste, c'est des choses que vous ne pouvez
pas comprendre... Quand on prend la femme de
ses amis... (Toupet est furieux.) oui ! oui ! Ah ! ça,
croyez-vous qu'elle ne soit pas étrange, votre pré-
sence de tous les jours chez les Paoulard... Ces
gens avec qui vous allez dîner à Chatou... (Toupet
est stupéfait.) Oui, l'ami de ma famille, je sais... J'ai
vu comme ça une pièce au Palais-Royal... il y
avait un acteur qui disait tout le temps : Oh ! moi,

la femme d'un ami... ça n'empêche pas qu'au dernier acte, il la prenait, la femme de son ami... un
viveur, tenez, voilà ce que vous êtes, un viveur...
qui suit n'importe qui dans la rue... et qui lui fait
la cour... car vous me faisiez la cour tout à l'heure...
et même, si vous avez haussé les épaules quand
j'ai dit qu'Adolphe m'aimait, c'est uniquement
pour me dégoûter d'Adolphe, et pour que je me
rabatte sur vous ! Oh ! je suis « prespicace », moi !
D'abord, si Adolphe me quittait, je n'aimerais plus
personne... Ah ! on pourrait me suivre... et des
années encore... Ah ! les voitures marchent... on
va traverser... (Elle regarde à sa droite.) Regardez les
gens qui sont sur l'autre refuge, comme ils sont
contents... Ah ! mon Dieu, monsieur Toupet...
(Toupet est étonné.) Sur l'autre refuge, ce blond, c'est
Adolphe !... Il se sera trompé de refuge... on n'aura
pas assez précisé... St ! St !... il ne me voit pas...
sa myopie, vous savez, sa chère myopie !... Au
revoir, monsieur..... bonjour aux Paoulard.....
Adolphe... mon Adolphe...

                                        Elle se sauve.

SCÈNE III

TOUPET, seul.

Elle n'est pas intéressante du tout, cette petite femme-là... pas intéressante du tout... Ils s'en vont tous les deux... il est vilain, Adolphe... sept heures moins le quart... Qu'est-ce que je vais faire de ma soirée... (Il regarde à sa gauche.) Oh! la jolie femme... Elle est seule... elle m'a regardé... elle est gentille !... (La hélant.) Madame !... Eh ben, on se promène donc toute seule...

Il disparait, la voix se perd.

LA
VINGT-TROISIÈME VALSEUSE

COMÉDIE EN UN ACTE

En collaboration avec M. DE FÉRAUDY.

A PAUL NUMA.

PERSONNAGES:

HECTOR	MM. DE FÉRAUDY.
BARDINOIS	G. BERR.

LA
VINGT-TROISIÈME VALSEUSE

Petit salon de garçon. Fouillis élégant. Coussins, canapés, chaises légères. Thé servi, petits gâteaux, livres, partitions, cigarettes, etc.

SCÈNE PREMIÈRE

BARDINOIS, seul, assis au piano, fait des accords d'un air distrait ; tout d'un coup il s'arrête.

Ah ! cette fois !... (Il court à la porte du fond, l'ouvre, écoute, regarde au dehors — puis referme la porte et redescend.) Non ! personne ! les oreilles me tintent ! (Il s'assied près d'un guéridon, ouvre un journal, essaie de lire, le referme, le jette de côté, puis se lève et va au public.) Hier, grand bal chez madame de Clivo-Cacas-

9

sin ; j'y étais invité naturellement : les Clivo-Cacassin sont des intimes ! — J'ai dansé vingt-trois valses... Tout à coup, au milieu de la vingt-troisième valse, je m'aperçus que j'avais entre les bras une femme charmante ! Je l'avais invitée machinalement, parce que Clivo-Cacassin lui-même m'avait présenté à elle... (Tout en racontant il valse.) « Vous êtes peintre... n'est-ce pas, M. Bardinois ? — Oui, madame. — Oh! j'adore les tableaux! — Moi aussi, madame, ceux que je fais principalement. — Vous avez une jolie main, vous devez faire des chefs-d'œuvre. — Oh ! madame, du 7 3[4. — J'ai vu quelques tableaux de vous, mais j'en voudrais voir d'autres. — Mon Dieu, madame, rien n'est plus facile. Quand vous voudrez me faire l'honneur... — Le plus tôt possible, j'en meurs d'envie. — Voulez-vous demain ? — Oui, demain. — Après dîner, à neuf heures. — Mais, monsieur... — Oh ! madame ! mes tableaux sont tous des effets de soir !... venez à neuf heures. — Allons ! soit, monsieur, à demain neuf heures ! » — (Il fait le simulacre de reconduire et de saluer la danseuse.) Et voilà ! — Neuf heures viennent de sonner et elle n'arrive pas. Madame de Frontespan n'arrive pas ! S'il y a ici quelques personnes qui ont donné des rendez-vous à des femmes du monde, ces personnes comprendront... (Tendant l'oreille vers la porte.) hé ?... (Au public.) Je vous demande pardon... (Il va à la porte.) Non. — (Il redescend.) Ces personnes comprendront que je sois anxieux et ému. J'ai déjà ouvert dix-sept fois la porte depuis un quart d'heure... Neuf heures et quart... elle ne viendra pas ! — Pourtant ça m'étonnerait... Entamons mon second paquet de cigarettes !... C'est inouï, la quantité de cigarettes qu'on brûle en attendant une femme ! Voyons... j'allume celle-ci, je vais la fumer bien lentement... si je la termine avant qu'elle arrive... On monte ! (Il remonte.) C'est elle !... Voyons... le thé ?... il est servi... ce fauteuil...« Asseyez-vous donc, chère madame...» Le piano ouvert devant la partition de *Faust*...

Il fredonne.

« Ne permettez-vous pas, ma belle... »

Ça m'a toujours réussi !... On monte de plus en plus! Ah!... quelques livres sur cette table... Manon Lescaut... L'Amour à travers les âges... ah !... ces vers inachevés !... « Eh ! quoi ! vous faites aussi des vers? — Oui, ange ! oui, c'est mon cœur qui me les a dictés... » Allons !... (Il va ouvrir. — Un temps.) On s'arrête au-dessous... (Il referme violemment la porte

et vient tomber dans un fauteuil.) Dieu! que je suis fatigué! — Elle s'est moquée de moi! (Un temps. on
frappe.) Hein? — C'est maladif, ma parole, j'entends
constamment frapper... (on frappe.) C'est inouï.
(on frappe.) Je vais ouvrir... ça fera la dix-huitième
fois, mais j'en aurai le cœur net.

Il va ouvrir.

SCÈNE II

BARDINOIS, HECTOR, entre et reste sur le seuil.

HECTOR, saluant.

Monsieur Bardinois?

BARDINOIS.

C'est moi, monsieur. (A part.) Allons! bon!
qu'est-ce que c'est que celui-là?

HECTOR, qui est descendu en scène.

Peintre?

BARDINOIS.

Oui, monsieur, peintre.

HECTOR,

Vous faites de jolis tableaux.

BARDINOIS, modeste.

Oh ! monsieur... mais...

HECTOR.

J'ai à vous parler.

BARDINOIS.

Longuement ?

HECTOR.

Longuement.

BARDINOIS.

C'est que...

HECTOR.

Je vous dérange ?

BARDINOIS.

Mon Dieu ! j'allais sortir... et...

HECTOR.

Non.

BARDINOIS.

Hé ?

HECTOR,

Non. Vous êtes en pantoufles et en veston de chambre, vous n'alliez pas sortir.

BARDINOIS.

Enfin, monsieur...

HECTOR.

Asseyez-vous, je vous en prie.

BARDINOIS, à part, s'asseyant.

Je crois qu'on monte.

HECTOR, assis.

Votre tableau, exposé cette année au Salon, est vendu ?

BARDINOIS, qui ne l'écoute pas.

Oui... non... si... Ah ! mon tableau, oui... il est assez joli...

HECTOR.

Je ne vous demande pas si vous le trouvez joli, je vous demande s'il est vendu.

BARDINOIS.

Vendu ? non.

HECTOR.

Je l'achète.

BARDINOIS.

Bon...

HECTOR.

Combien désirez-vous le vendre ?

BARDINOIS, très net.

Oh! quinze mille.

HECTOR.

Non... trois mille.

BARDINOIS.

Bien... trois mille. C'est entendu... Au revoir, monsieur.

Il se lève.

HECTOR, se lève.

Décidément, je vous gêne.

BARDINOIS, après un temps.

Oui, monsieur.

HECTOR.

Vous attendez quelqu'un ?

BARDINOIS.

Oui, monsieur...

HECTOR.

Une femme ?

BARDINOIS.

Eh bien oui, là !

HECTOR.

Elle ne viendra pas.

BARDINOIS.

Hein ?

HECTOR.

Vous attendez madame de Frontespan, et madame de Frontespan ne viendra pas. Elle m'envoie vous le dire.

BARDINOIS.

Eh bien, vous ne pouviez pas commencer tout de suite par là ?

HECTOR.

Je pensais que l'achat d'un tableau...

BARDINOIS.

Vous vous trompiez.

HECTOR.

Ah !

BARDINOIS.

Et pourquoi madame de Frontespan ne viendra-t-elle pas ?

HECTOR.

Au dernier moment elle s'est trouvée empêchée.

BARDINOIS, ricanant.

Ah ! ah !

HECTOR.

Vous dites ?

BARDINOIS.

Je dis: Ah ! ah ! — C'est une interjection de doute.

HECTOR.

Vous avez tort de douter, monsieur.

BARDINOIS.

C'est vrai, vous la défendez. Pour qu'elle vous ait chargé d'une commission aussi délicate, il faut que vous soyez un de ses amis intimes.

HECTOR.

Très intime en effet.

BARDINOIS.

Je disais aussi...

HECTOR.

Je suis son mari.

BARDINOIS.

Hein ?... (Après un temps.) Farceur !

HECTOR.

Plait-il ?

BARDINOIS.

Vous êtes son mari ?

HECTOR.

De quoi vous étonnez-vous ? Ma femme raffole
des tableaux, vous lui avez très galamment offert
de lui montrer les vôtres, elle est souffrante et me
charge de l'excuser. C'est très naturel.

BARDINOIS.

C'est très naturel.

HECTOR.

Alors pourquoi ce cri d'étonnement quand je
vous ai dit qui j'étais ?

BARDINOIS.

J'ai dit : Ah !... comme pour dire : Ah !... comme
c'est naturel !

HECTOR, l'imitant.

Ah ! mon Dieu ! comme c'est naturel !

BARDINOIS.

C'est ça. (A part.) Il a l'air de se moquer de moi.

HECTOR.

C'est gentil, ici.

BARDINOIS.

Oui, c'est gentil.

HECTOR.

Vous avez du goût...

BARDINOIS.

Oh ! mon Dieu...

HECTOR.

Ne soyez pas modeste... vous avez beaucoup de goût...

BARDINOIS.

C'est vrai, monsieur...

HECTOR.

Voulez-vous me permettre de m'asseoir ?

BARDINOIS.

Oh !... pardon... j'aurais dû...

HECTOR.

Ne vous excusez pas... (on s'assied.) J'ai un faible pour vos tableaux.

BARDINOIS.

Moi aussi...

HECTOR.

Vous, vous avez des raisons que je n'ai pas.

BARDINOIS.

C'est juste.

HECTOR, confidentiellement.

Ma femme adore les peintres...

BARDINOIS.

Ah !

HECTOR.

Oui.

BARDINOIS, à part.

Il ne se doute de rien!

HECTOR.

On n'expose pas un bout de toile dans Paris sans qu'elle le sache. Elle va le voir; elle donne son avis et elle s'y connait...

BARDINOIS.

Vraiment ?

HECTOR.

Elle me dépense un argent! Tous les jours elle arrive avec un nouveau tableau. Nous en avons dans la cuisine, monsieur !

BARDINOIS.

Oh!

HECTOR.

Je vous l'affirme; mais vous êtes des peintres qu'elle préfère.

BARDINOIS.

Moi ?

HECTOR.

Quand elle parle de vos œuvres...

BARDINOIS.

Mes bouts de toile. .

HECTOR.

Elle ne tarit pas d'éloges. Ce Bardinois a un coloris, une douceur de faire! ah ! elle s'emballe : positivement elle s'emballe...

BARDINOIS, à part.

Il est naïf...

HECTOR.

Mais je vous demande pardon. Je bavarde, je ne veux pas abuser... je vais m'en aller.

Il se lève.

BARDINOIS.

Mais du tout, cher monsieur, du tout. Je vous ai, je vous garde. Je vous ai reçu froidement, c'est vrai, mais je suis extrêmement sauvage... vous savez... les mots ne sortent pas... un inconnu me fait un peu peur... il ne faut pas m'en vouloir...

HECTOR.

Vous êtes charmant.

Il remonte.

BARDINOIS, à part.

C'est un mari naïf. La tactique devient très simple. L'accabler de prévenances, m'en faire un ami.. J'aurais tout de même mieux aimé recevoir sa femme. Faute de grives...

HECTOR, qui regarde curieusement tous les coins du salon.

Vous aimez les livres?

BARDINOIS, à part.

Aïe!... L'amour à travers les âges... (haut.) Oui, j'aime les livres.

HECTOR.

Les livres grivois surtout... Manon Lescaut, l'Amour à travers les âges...

BARDINOIS.

Oh! je n'en ai pas d'autres...

HECTOR.

Je le pense bien.

BARDINOIS.

Ceux-là sont sur ma table par hasard...

HECTOR, ironique.

Par hasard, oui...

BARDINOIS, à part.

On dirait qu'il soupçonne à présent.

HECTOR, tombant en arrêt devant la petite table où le thé est servi.

Oh! que c'est aimable!

BARDINOIS.

Quoi donc?

HECTOR.

Du thé! des petits gâteaux! vous aviez préparé du thé pour ma femme!

BARDINOIS, embarrassé.

J'ai pensé qu'elle aurait peut-être soif... il fait si chaud...

HECTOR.

Alors vous lui avez préparé une boisson fraîche..

BARDINOIS.

Du thé!

HECTOR.

Du thé, parfaitement.

BARDINOIS, à part.

Ah! ça... mais.,.

HECTOR.

Vous étiez mal tombé, cher monsieur... C'est une boisson que madame de Frontespan a en horreur.

BARDINOIS, troublé.

Une autre fois...

HECTOR.

Mais moi, j'aime le thé.

BARDINOIS.

Ah! oh! Alors...

HECTOR.

Très volontiers... asseyez-vous donc.

BARDINOIS.

Merci.

HECTOR, assis.

Une tasse pour vous?

BARDINOIS, assis.

Oui...

HECTOR.

Un peu de sucre...

BARDINOIS.

Oui...

HECTOR, buvant.

Oh!... il est exquis!

BARDINOIS, à part.

Est-il sincère? se moque-t-il de moi?

HECTOR.

J'espère que vous me rendrez cette visite...

BARDINOIS.

Comment donc...

HECTOR.

Vous viendrez dîner un de ces jours...

BARDINOIS.

Monsieur...

HECTOR.

Sans cérémonie... ma femme, vous et moi...
vous acceptez ?

BARDINOIS.

J'accepte ! (A part.) Il ne se doute de rien...

HECTOR.

Encore un peu de thé ?

BARDINOIS.

Non, merci... mais vous...

HECTOR.

Non, j'ai assez... Vos gâteaux sont délicieux.
Ah ! vous aviez gâté ma femme.

Il se lève.

BARDINOIS.

Politesse oblige...

HECTOR.

Oh ! oh ! Politesse... les gâteaux, le thé, politesse ? Ce parfum grisant qu'on respire ici... politesse ? L'arrangement coquet des coussins et des
tapis, ce confortable préparé... combiné...

BARDINOIS.

Mais...

HECTOR.

Oui, oui, combiné... Vous ne me ferez pas croire que, quand vous êtes seul, vous mangez des petits fours et vous brûlez des parfums...

BARDINOIS, à part.

C'est un roublard !

HECTOR.

Galanterie, monsieur. Pas politesse, galanterie...

BARDINOIS.

Mais...

HECTOR.

Et je ne vous en blâme pas... je comprends ça, moi...

BARDINOIS, à part.

C'est un bonhomme !

HECTOR, apercevant les cigarettes.

Ah ! mauvais, ça !

BARDINOIS.

Hé ?

HECTOR.

Mauvais. Elle ne fume pas.

BARDINOIS.

C'était pour moi...

HECTOR, lisant.

« Cigarettes pour dames. »

BARDINOIS, à part.

Oh! mais il m'ennuie!

HECTOR, qui furète toujours.

Tiens ! des vers !... de qui ? de vous ?

BARDINOIS.

Mais oui... je...

HECTOR.

Comment! vous faites aussi des vers !

BARDINOIS, furieux.

Oui, oui. (A part.) Oui, ange, je fais des vers...
C'est mon cœur qui me les a dictés...

HECTOR.

Ah! vous faites des vers?... Vous permettez ?...

BARDINOIS.

Comment donc !

HECTOR, lisant.

Ici-bas nous pleurons sans cesse.
Soucis, regrets, plaisirs, douleurs,
Larmes de joie ou de tristesse,
Dans notre existence en détresse
Tout se résume par des pleurs !

C'est un peu sombre !

BARDINOIS.

C'est dans la note de mes tableaux...

HECTOR.

Effets de soir !

BARDINOIS, lui prenant le papier des mains.

Oui, mais la suite !

Mais quand, dans notre âme brisée,
L'amour vient sonner le réveil,
La douleur fuit désabusée,
Comme on voit fondre la rosée
Aux premiers rayons de soleil !

HECTOR.

Ah ! que c'est joli !

Comme on voit fondre la rosée
Aux premiers rayons de soleil !

Oh ! que c'est joli !

BARDINOIS.

Oui, l'amour seul est le dictame,
Et notre cœur, endolori,
Cherchant pour vivre un peu de flamme,
Est enfin sauvé, quand la femme
Nous envoie un jour...

HECTOR.

Quoi ?

BARDINOIS.

J'en suis là ! Je cherche une rime... et je n'en
trouve pas.

HECTOR, prenant le papier.

Permettez... moi aussi j'ai fait des vers au
lycée...

Oui, l'amour seul est le dictame,
Et notre cœur endolori,
Cherchant pour vivre un peu de flamme,
Est enfin sauvé, quand la femme
Nous envoie un jour.... son mari !

Voilà.

BARDINOIS.

Oui, c'est bien ! (A part, après réflexion.) Oh ! mais
il commence à m'impatienter, ce monsieur !

HECTOR, devant le piano.

Oh !

BARDINOIS.

Quoi donc encore ?

HECTOR.

Vous faites de la musique?

BARDINOIS.

Oui...

HECTOR.

Faust... Ma femme n'aime pas *Faust*.

BARDINOIS.

Mais ça n'était pas...

HECTOR.

Pour une autre fois, cherchez du Bizet ou du Saint-Saëns.

BARDINOIS, à part.

Oh! oh! oh!

HECTOR.

Voulez-vous me faire un grand plaisir ? chantez-moi un air de *Faust*. Je ne suis pas comme ma femme, moi, j'adore Gounod.

BARDINOIS.

« Ne permettez-vous pas, ma belle demoiselle?... »

Voyons, monsieur...

HECTOR.

Mais de quoi vous plaignez-vous ? Ma femme vous aurait refusé du thé, je vous le bois... elle n'aurait pas écouté *Faust*, je vous demande de me le faire entendre... elle aurait peut-être ri de vos vers, je les trouve délicieux et je collabore...

BARDINOIS.

Monsieur...

HECTOR, ironique.

Nous collaborons !

BARDINOIS.

Monsieur, vous vous moquez de moi.

HECTOR.

Oui, monsieur.

BARDINOIS.

Pourquoi ?

HECTOR.

Parce que vous avez pris pour un rendez-vous ce qui n'était qu'une visite... Ce soir vous atten-

diez ma femme comme on attend une maîtresse ;
ça me déplaît, voilà tout.

BARDINOIS.

Mais qui vous a dit que c'était une visite...

HECTOR.

Ma femme ne donne de rendez-vous à personne,
monsieur. Si elle en donnait, elle ne commence-
rait pas par vous.

BARDINOIS.

Monsieur !

HECTOR.

Monsieur ?

BARDINOIS.

Ça ne se passera pas comme ça !

HECTOR.

Oh ! que si !

BARDINOIS.

Oh ! que non !

HECTOR.

Nous nous battrons ? Vous recevrez un coup
d'épée, voilà tout...

10

BARDINOIS.

Oh ! ça...

HECTOR.

Oh ! ça... je vous le garantis. Or je serais navré
de vous donner un coup d'épée. Mais je ne vous en
veux pas, moi, et j'aurais pourtant bien des raisons
de vous en vouloir. Croyez-moi, jeune homme, acceptez cela gentiment. Je suis le mari ; vous êtes
l'amoureux. Les auteurs de comédie seraient pour
vous ; la logique et la justice sont pour moi. Je suis
très fier, voyez-vous ; un mari qui a le beau rôle,
pensez donc, c'est très rare : c'est même si rare que
vous ne devez pas vous décourager ; seulement,
soyez plus perspicace une autre fois. Vous n'avez
pas réussi avec moi, vous réussirez avec un autre !
Choisissez mieux !

BARDINOIS.

Vous croyez ?

HECTOR.

J'en suis sûr. Vous avez dansé combien de valses hier soir ?

BARDINOIS.

Vingt-trois. Votre femme était la vingt-troisième.

HECTOR.

Eh bien, si, au lieu de courtiser votre vingt-troisième valseuse, vous vous étiez adressé à la vingt-
deuxième, je suis sûr que vous aviez des chances...

BARDINOIS.

Ah ! bah !

HECTOR.

Vous n'avez pas eu l'œil, voilà tout.

BARDINOIS, à part.

Qui était-ce donc, la vingt-deuxième valseuse ?

HECTOR.

Celle-là, j'en réponds, si vous lui aviez donné
un rendez-vous, elle n'aurait pas chargé son mari de
venir l'excuser.

BARDINOIS.

Dites donc !

HECTOR.

Quoi ?

BARDINOIS.

Qui était-ce, la vingt-deuxième valseuse ?

HECTOR.

Ah ! ça non. Je suis discret. Je ne puis pas vous
livrer un confrère.

BARDINOIS.

Elle est jolie?

HECTOR.

Exquise. Elle m'a parlé de vous toute la soirée.
Il fait de si jolies choses! Il est si élégant! Et il
valse... comme il peint! C'est doux, c'est moel-
leux, c'est grisant!

BARDINOIS.

Madame de Lensac?... Elle est délicieuse!

HECTOR.

Non!

BARDINOIS.

Madame Puyjolet?... Elle est adorable!

HECTOR.

Madame Puyjolet a tout ce qu'il lui faut.

BARDINOIS.

Madame d'Epinay?.. Elle est ravissante...

HECTOR.

Oh! Elle a quarante ans sonnés.

BARDINOIS.

Madame Boucherin...

HECTOR.

Ah!

BARDINOIS.

C'est elle... Elle est divine!... J'aurais dû m'en douter.

HECTOR.

Permettez...

BARDINOIS.

Comment, elle vous a dit... Asseyez-vous donc! Vous allez prendre encore une tasse de thé, pas vrai?

HECTOR.

Et l'heure, mon cher ami! Onze heures et demie : ma femme m'attend!

BARDINOIS.

Elle vous attendra un quart d'heure... Je l'ai bien attendue, moi! Vous ne pouvez pas vous en aller comme ça! Donnez-moi des détails, dites-moi ce que vous savez sur...

HECTOR.

Sur qui?

10.

BARDINOIS.

Sur madame de Lensac... non... sur madame
d'Epinay..._

HECTOR.

Non... sur madame Puyjolet.

BARDINOIS.

Je ne sais plus !

HECTOR.

Lycéen, va !

BARDINOIS,

Oh ! que voulez-vous ? j'ai vingt ans, moi ! je ne
suis pas à l'âge où l'on raisonne, où l'on choisit...
Je butine, moi, cher monsieur, je butine !... un
froufrou de robe... et je m'emballe !... Quand votre
femme m'a dit en valsant « à demain neuf heures », j'ai perdu la tête... j'ai quitté le bal, le cœur
plein d'elle. J'ai eu tort, je le reconnais, mais
maintenant que le danger est passé pour vous...

HECTOR.

Il n'y a jamais eu de danger pour moi !

BARDINOIS.

Raison de plus pour ne pas me garder rancune,
pour me bien juger ; n'oubliez pas trop vite un

temps qui n'est pas encore loin... souvenez-vous...
vous avez peut-être fait la même chose...

HECTOR.

Oh! mon Dieu, il est très possible...

BARDINOIS.

Ah! vous voyez bien...

HECTOR.

Vous avez raison, je ne vous en veux plus...

BARDINOIS.

Plus du tout?...

HECTOR.

Du tout.

Ils se serrent la main.

BARDINOIS, après un temps.

Qui était-ce donc, la vingt-deuxième valseuse?

HECTOR.

Ah! vous y revenez...

BARDINOIS.

Dame! — Qui était-ce?

HECTOR.

Eh bien, là, franchement, je ne sais pas.

BARDINOIS.

Comment?...

HECTOR.

Ma parole!

BARDINOIS, dèçu.

Oh!

HECTOR.

Mais vous chercherez...

BARDINOIS.

Oui, je chercherai... ou plutôt nous chercherons ensemble, vous m'aiderez... hein?...

HECTOR.

Oh! je veux bien... ce sera drôle.

BARDINOIS.

Ça vous amuse?

HECTOR.

Oui, maintenant! (Il tire sa montre.) Minuit! Te-nez... vous me débauchez... je me sauve... nous reprendrons plus tard notre conversation.

BARDINOIS.

Bientôt, dites?

HECTOR.

Bientôt... Êtes-vous libre demain soir?

BARDINOIS.

Je crois bien.

HECTOR.

Venez dîner à la maison, sans cérémonie.

BARDINOIS.

Oh! vous êtes trop aimable.

HECTOR.

A demain !

BARDINOIS, le reconduisant.

A demain !

Hector sort.

HECTOR, rentrant à moitié.

Bardinois...

BARDINOIS.

Hé?...

HECTOR.

J'oubliais... demain soir, ma femme n'y sera pas...

BARDINOIS.

Mais vous, Frontespan, y serez-vous?

HECTOR.

Oh! moi, oui...

BARDINOIS.

C'est le principal... je préfère même qu'elle n'y soit pas...

HECTOR.

En garçon alors ? Bien ! A demain !

BARDINOIS.

A demain.

Hector sort.

BARDINOIS.

Voilà un homme charmant ! (Il va vers sa chambre.) Il est beaucoup mieux que sa femme!...

Rideau.

LE SALSIFIS INDÉLICAT

PARADE EN UN ACTE

Musique de M. André Gedalge [1].

A Mlle J. Bertiny.

---

1. La musique se trouve chez M. A. Gedalge, 130, faubourg Saint-Denis.

PERSONNAGES :

TALMA, saltimbanque. . . . .   M.   G. BERR.

CÉLESTINE, sa femme . . . .   Mlle BERTINY.

BARIGOULE, personnage muet. . .   M.   RABLET.

LE SALSIFIS INDÉLICAT

SCÈNE PREMIÈRE

TALMA, CÉLESTINE.

Ils entrent tous deux et, arrivés devant le public, poussent un cri d'étonnement.

TALMA.

Nous n'avons pu, mesdames, messieurs, et l'honorable société, retenir ce cri d'étonnement, parce que c'est la première fois que nous nous trouvons, ma Célestine adorée et moi, dans un si beau salon, devant de si belles dames et de si beaux messieurs. Nous sommes habitués aux places publiques, vous avez dû vous en apercevoir à notre costume, nous sommes de pauvres baladins. Notre place n'est décidément pas ici : viens, ma Célestine adorée, viens.

Il veut l'entraîner.

11

CÉLESTINE.

Et le maitre de la maison, qu'est-ce qu'il va dire?

TALMA.

C'est vrai, nous avons promis. Il y a là pour nous une situation délicate.

CÉLESTINE.

Pourquoi sommes-nous passés dans cette rue, mon Dieu?

TALMA.

Oui, car c'est en passant dans cette rue, mesdames, c'est en passant dans cette rue, messieurs, que nous avons été appelés par le maitre de la maison. Nous allions tranquillement à la foire de Saint-Cloud, il a ouvert sa fenêtre et il a fait : Psst! Dieu m'est témoin qu'il a fait : Psst!.. Alors nous sommes montés et il nous a dit...

CÉLESTINE.

« J'attendais des artistes de la Comédie-Française qui ne viennent pas, tout mon monde s'impatiente, voulez-vous prendre leur place et divertir mes invités? »...

TALMA.

Ça nous a émus; non pas que je nous considère comme au-dessous des artistes de la Comédie-Française... au contraire. Je crois notre art bien plus intéressant que le leur; mais je le répète, ça nous a émus, parce que c'est la première fois que nous allons dans le monde.

CÉLESTINE.

Voilà pourquoi nous avons peur, voilà pourquoi nous voudrions nous en aller.

TALMA.

Mais nous ne nous en irons pas. Nous avons promis au maître de la maison, nous ne nous en irons pas. Les saltimbanques n'ont qu'une parole. Ça et les maillots roses, c'est ce qui les distingue des autres hommes. Loin de nous en aller, mesdames, messieurs, et l'aimable société, nous ajouterons à notre programme des tours de force nouveaux! Moi, personnellement, pour cette fois et par exception, j'exécuterai, en plus de mes merveilleuses culbutes, Prométhée enchaîné, la Plaisanterie du verre d'eau et le Pain d'épice de Tantale!...

CÉLESTINE.

Moi, mesdames et messieurs, je me permettrai
de vous soumettre le tour extraordinaire du Salsifis indélicat.

TALMA, à sa femme.

Alors, ça va recommencer? Chaque fois que nous
sommes devant le public, ça recommence!... Vous
n'exécuterez pas le tour du Salsifis indélicat!

CÉLESTINE, avec émotion.

Vous savez pourquoi il me le défend? C'est parce
que ce n'est pas lui qui me l'a appris. C'est parce
que c'est un tour qui me vient de ma mère!

TALMA.

Ça n'est pas du tout pour ça : c'est parce qu'il
est d'une prodigieuse inconvenance!

CÉLESTINE.

Inconvenant! Un tour qui me vient de ma mère!
Il insulte ma mère!

TALMA.

Je n'insulte pas madame votre mère, mais il est
certain que le jour où elle vous a enseigné ce
tour-là, elle a manqué de tact...

CÉLESTINE.

Eh bien, nous en ferons juges ces messieurs et ces dames...

TALMA.

Du tout. Je suis seul juge de la question. Quand nous serons mariés depuis dix ans, je vous le laisserai peut-être exécuter, mais pour le moment nous sommes trop récemment unis pour qu'une inconvenance de votre part ne me fasse pas quelque chose; dans dix ans, ça ne me fera peut-être plus rien, ma Célestine adorée.

CÉLESTINE.

Dans dix ans, je n'aurai plus la souplesse nécessaire! C'est tout de suite, entendez-vous, c'est tout de suite que je prétends l'exécuter.

TALMA.

C'est curieux que vous choisissiez toujours le moment où nous sommes devant le public pour me faire des scènes. Qu'est-ce qu'il va penser de nous maintenant, le maître de la maison ?

CÉLESTINE.

Il pensera que vous êtes un tyran. Je suis bien sûre que dans son monde, quand une femme demande gentiment à son mari de lui laisser faire un tour de force, le mari accorde à sa femme cette petite satisfaction-là !

TALMA.

Pas quand ce tour de force est le Salsifis indélicat.

CÉLESTINE.

Mais qu'est-ce vous voyez d'inconvenant au Salsifis indélicat ?

TALMA.

Ce que je vois... (changeant de ton.) Mesdames, messieurs, l'aimable société, un jour nous étions seuls, en tête-à-tête, tous les deux, dans la chambre nuptiale de notre voiture conjugale, elle a exécuté devant moi, pour me faire plaisir, le Salsifis indélicat, eh bien, j'ai rougi jusqu'aux oreilles — inclusivement !

CÉLESTINE.

Vous avez la coloration facile.

TALMA.

Un nègre aurait rougi.

CÉLESTINE.

Enfin vous ne voulez pas ?

TALMA.

Non.

CÉLESTINE.

Une fois, deux fois, trois fois?

TALMA.

Non.

CÉLESTINE.

Eh bien, je vais vous faire enrager. Je vais raconter tout haut et devant tout le monde ce que vous avez dit avant-hier, à la foire de Vaucresson, en parlant de notre amour.

TALMA.

Ça, je vous le défends!

CÉLESTINE.

Mais...

TALMA.

En voilà assez! Je vous demande pardon, mesdames, messieurs, l'aimable société, de cette petite scène d'intérieur, vous êtes témoins que ce n'est pas moi qui ai commencé. Je vais chercher les accessoires. (Il va pour sortir et se ravise. A Célestine.) C'est bien fini, tout ça?

CÉLESTINE, un peu froide.

Oui.

TALMA.

Nous ne boudons plus?

CÉLESTINE, de même.

Non.

TALMA.

Embrassez-moi. (Célestine l'embrasse.) Vous me pardonnez?

CÉLESTINE.

Soit!

TALMA.

Vous remarquerez une chose, messieurs, c'est que chez les saltimbanques comme dans la haute société, on finit toujours par leur demander pardon des fautes qu'elles ont commises. (Fausse sortie.) Ah! Vous me jurez, ma Célestine adorée, vous me jurez de ne pas raconter ce que j'ai dit à la foire de Vaucresson?

CÉLESTINE.

Je le jure, là!

TALMA.

Sur quoi?

CÉLESTINE.

Sur ma vertu !

TALMA.

Oh ! alors !...

Il sort.

SCÈNE II

CÉLESTINE, seule.

Avant-hier, à la foire de Vaucresson, il a dit en parlant de notre amour que nous étions unis comme Castor et Pollux ! Il croyait que Castor et Pollux c'étaient deux amoureux ! Il ne savait pas que c'é- taient deux chiens ! Et voilà l'homme qui veut m'empêcher de faire un tour qui me couvrirait de petits sous... et de gloire !... Ah ! il me la paiera, la scène de tout à l'heure, il me la paiera cher. (Elle appelle.) Barigoule !... (Au public.) Barigoule, c'est celui qui s'occupe de nos accessoires, comme qui dirait notre régisseur général.

SCÈNE III

CÉLESTINE, BARIGOULE.

CÉLESTINE.

Barigoule, allez chercher les poids qui sont dans la voiture, les gros poids, vous savez? (Barigoule sort.) Encore un qui m'a aimée, celui-là, qui m'a aimée et qui m'aime encore ; il ne me l'a jamais dit, mais il pousse des soupirs qui ne trompent pas une femme ! (Barigoule rentre avec les poids.) Posez les poids ici, Barigoule ; ils sont lourds, hein? Je vais vous aider. (Elle l'aide.) Là! Et maintenant emportez ceux qui sont là ; (Elle lui montre d'autres poids qui sont par terre, à droite ; Barigoule les soulève avec une extrême facilité.) ils sont plus légers, hein ? On va rire tout à l'heure, on va rire! (Barigoule va pour sortir.) Barigoule, je le disais à ces messieurs et à ces dames, n'est-ce pas que vous m'avez aimée du temps que vous faisiez partie de la troupe de ma mère, n'est-ce pas que vous m'aimez encore? (Barigoule soupire et sort.) Vous l'avez entendu, le soupir? Ça ne trompe pas une

femme, ces soupirs-là! (Bruit de pas.) Oh! mon mari!
On va rire! Et quant au Salsifis indélicat. je l'exécuterai! (Avec un sourire.) Soyez tranquilles, messieurs, je l'exécuterai!

SCÈNE IV

CÉLESTINE, BARIGOULE.

TALMA, entre, portant un petit tapis, une sébile, etc.

Me voilà, ma Célestine adorée, me voilà avec les
accessoires!

CÉLESTINE, douce.

Bien, mon ami.

TALMA.

Voulez-vous m'aider?

CÉLESTINE, de même.

Comment donc, mon ami!

TALMA.

A la bonne heure! voilà comme je vous aime!
Déployez le petit tapis, voulez-vous?..... La sébile. (Il lui passe un tout petit tapis qu'elle déploie, et près

duquel elle pose la sébile.) Et les poids? Où sont les poids énormes de cent kilos?

CÉLESTINE.

Ils sont là, mon ami. Barigoule les a apportés.

TALMA.

Ah! ce bon Barigoule! S'il était marié et s'il me prenait fantaisie, vers l'époque où poussent les artichauts, d'en offrir un à sa femme, en admettant que mes relations avec sa femme soient assez intimes pour autoriser de ma part une semblable familiarité, eh bien, j'offrirais un artichaut à la Barigoule!

CÉLESTINE, à part.

Il le fait chaque fois!

TALMA, se posant.

Mesdames, messieurs et l'honorable société, j'ai nom Talma. Je descends de ce grand artiste qui appartenait jadis à la Comédie-Française (1680). J'ai tenu à continuer la carrière de mon brillant ancêtre et je la continue. « Mais, me direz-vous, il me semble que... » A cela je vous répondrai : « Talma n'avait pas mon genre, c'est vrai ; aussi, remarquez qu'il n'est jamais arrivé à la fortune. » Trou-

vant que la tragédie est une chose pénible et qui
rapporte peu, je me suis un peu écarté de la ligne de
conduite de mon brillant ancêtre et, laissant prati-
quer l'art tragique à ceux qui manquent de souplesse et d'agilité (je ne nomme personne) je me suis
voué à la dislocation! C'était téméraire, je l'avoue,
mais j'ai toujours été de l'avant! « Audacies portuna
jivat, » c'est-à-dire pour ceux qui n'entendent pas le
latin: « L'audace est très utile aux individus qui
n'ont pas de fortune! » Je vois des gens dans l'assistance qui rient, qui se moquent de nous, qui se disent qu'après tout nous sommes de petits baladins
à qui on jette des petits sous et que nous méprisons
l'art qu'a exercé notre brillant ancêtre, parce que
les raisins sont trop verts! Eh bien, je dirai à ces
gens qui rient: « Gens qui rient, vous avez tort
de rire, vous avez tort de nous qualifier de petits
baladins, car nous avons exécuté des tours devant
le roi d'Espagne et devant toute sa cour, et ce
jour-là, tu t'en souviens, ma Célestine adorée, on
ne nous a pas jeté des petits sous, on nous a jeté
des louis! Vous avez tort de dire que les raisins
sont trop verts — et si je vous souhaite une chose,
gens qui rient, c'est de finir comme nous! » (Roulement de tambour.) Et maintenant, ma Célestine ado-

rée, veuillez raconter à ces messieurs et à ces dames comment nous nous sommes connus, comment nous nous sommes aimés.

Il remonte.

CÉLESTINE.

Bien, mon ami. (Au public.) Vous savez l'histoire du roi d'Espagne, c'est de la blague ! Nous n'avons jamais travaillé que dans les environs de Paris.

TALMA.

Eh bien ?

CÉLESTINE.

Voilà mon ami. « *Comment nous nous sommes connus, comment nous nous sommes aimés,* » romance :

I

Un jour, qu' sur un' plac' publique,
Comme une estatue antique,
Je faisais de la plastique
Entouré' d'un group' compact...

TALMA.

C'est exact !

CÉLESTINE.

Il passait. En un' seconde
Son amour d'vint furibonde,

I' m' prit la main d'vant tout l' monde,
Je frémis à ce contact...

TALMA.

C'est on n' peut pas plus exact!

CÉLESTINE.

V'là comment j'ai Talma!
V'là comment Talma m'a !

II

CÉLESTINE.

I' m' dit : « Je n' possèd' pas d' terres,
« J'ai pour vivr' que mes haltères,
« Unissons nos deux misères,
« J'ai du cœur et j' suis plein d' tact. »

TALMA.

C'est exact !

CÉLESTINE.

Suivis d' la foule attendrie
Nous allàm's à la mairie,
Où j' lui jurai sur ma vie
Qu'mon honneur était intact!

TALMA.

C'est on n' peut pas plus exact !

CÉLESTINE.

V'là comment j'ai Talma !
V'là comment Talma m'a !

TALMA.

Maintenant, messieurs, après cette romance bio-
graphique, nous allons procéder à l'exécution du
programme : il comprendra deux parties ; vous les
comprendrez aussi, je l'espère. Dans la première
partie, vous verrez des tours d'adresse, exécutés
surtout par ma Célestine adorée ; dans la seconde,
des tours de force, exécutés par moi.

CÉLESTINE.

Et maintenant la question délicate.

TALMA.

Nous l'entamons, ma Célestine adorée, nous l'entamons. Mesdames, messieurs, nous ne sommes
pas des commerçants, nous méprisons l'argent.

CÉLESTINE.

Mais comme il est nécessaire, nous sommes
obligés de le subir.

TALMA.

Ces poids, ces cerceaux, ces cordes, ces mille petits riens qui concourent à la gloire du gymnasiarque...

CÉLESTINE.

Ces mille petits riens coûtent très cher!

TALMA.

Comment couvrir les frais énormes de chaque représentation...

CÉLESTINE.

Si ce n'est en s'adressant à la... Comment dirai-je?

TALMA.

A la... Comment dirons-nous?

ENSEMBLE.

..... Des spectateurs!

TALMA.

Générosité! voilà le mot! à la générosité des spectateurs... nous nous y adressons donc. Mesdames, messieurs, l'aimable société, il est impossible qu'un petit sou n'évolue pas dans le fond de votre poche... Prenez-le, ce petit sou... jetez-le sur ce petit tapis... Ce sont nos petits profits... (on jette un sou.) A la bonne heure! (on en jette encore un.) A la bonne heure!... Encore dix sous, messieurs, encore dix sous, et nous commençons!

CÉLESTINE, élevant ses mains ouvertes.

Dix sous!

On jette un sou.

TALMA.

Encore neuf!

On jette un sou.

CÉLESTINE.

Encore huit!

On jette un sou.

TALMA.

Encore huit!

CÉLESTINE, bas.

Non, sept!

TALMA, de même.

Taisez-vous donc! (Avec force.) Encore huit! (on jette un sou.) A la bonne heure!

On jette deux sous.

CÉLESTINE, les ramassant.

Oh! un gros sou!

TALMA.

Qui a jeté le gros sou?

CÉLESTINE.

Un monsieur... au fond...

TALMA.

Je remercie spécialement le monsieur au fond...
Il est beau...

CÉLESTINE, émettant un doute.

Oh! il est beau...

TALMA.

Il est beau... lorsqu'on est riche, de savoir en
faire usage! Plus que cinq sous, mesdames, messieurs, plus que cinq sous et nous commençons!

Tombe un sou.

CÉLESTINE.

Plus que quatre!

Tombe un sou.

TALMA

A la bonne heure!... (Tombe un sou.) Voilà qui
est bien!... (Tombe un sou.) A la bonne heure! Plus
qu'un!

CÉLESTINE.

Plus qu'un sou, et les frais énormes sont couverts.

TALMA.

Plus qu'un petit sou!

On le jette.

CÉLESTINE, à son mari.

Il vient de tomber.

TALMA, bas.

Taisez-vous donc! (Haut.) Plus qu'un!

CÉLESTINE.

Je vous dis qu'il vient de tomber!

TALMA, au public.

Ah! je vous demande pardon... je n'avais pas vu!... (Bas, à Célestine.) Vous n'avez pas le sens des affaires!

Roulement de tambour.

Au public.

Mesdames, messieurs, nous allons commencer par le Pain d'épice de Tantale!

CÉLESTINE.

Vous êtes fou?... Le Pain d'épice de... Vous êtes fou?

TALMA.

Pourquoi donc?

CÉLESTINE.

Vous parliez de tours inconvenants : vous pouviez au moins citer celui-là !

TALMA.

Le Pain d'épice de Tantale est un tour inconvenant ?

CÉLESTINE, montrant au public une longue ficelle au milieu de laquelle un morceau de pain d'épice est attaché.

Mesdames, nous prenons chacun dans nos dents une extrémité de cette ficelle et nous mâchons jusqu'à ce que nous arrivions au pain d'épice. Une fois arrivés là, c'est à qui le mangera le premier.

TALMA.

Ça n'est pas très fort, mais ça fait rire.

CÉLESTINE.

Eh bien, nous avons beau être mari et femme, à mesure que la ficelle diminue, les visages se rapprochent... Je trouve ça grivois, voilà tout.

TALMA.

Qu'est-ce qui lui prend ? Voilà cinq ans que nous faisons tous les jours ce tour-là !

CÉLESTINE.

Bien plus grivois que le Salsi...

TALMA, l'interrompant.

Salsi... (se reprenant.) ça suffit ! Nous n'exécuterons pas le Pain d'épice de Tantale. Voilà le premier mouvement de pudeur que je constate chez vous depuis cinq ans, j'aurais mauvaise grâce à vous le reprocher. Passons à la Plaisanterie du verre d'eau !

CÉLESTINE.

Ça !...

TALMA, apportant la petite table sur le devant de la scène.

Mesdames, messieurs, vous voyez sur cette petite table un verre d'eau et un chapeau : il s'agit tout simplement de faire passer le contenu de ce verre sous le chapeau, sans rien répandre, sans rien mouiller. (Célestine roule du tambour.) Hein?... Dieu ! que j'ai eu peur !... Ma Célestine, daignez compter jusqu'à trois, et le contenu de ce verre passera sous le chapeau.

CÉLESTINE.

Une, deux, trois !

TALMA, se coiffant du chapeau et buvant le verre d'eau.

C'est fait !

CÉLESTINE.

Ça n'est pas très fort, mais ça fait rire !

TALMA.

C'est une plaisanterie : ça n'a pas la prétention
d'être autre chose qu'une plaisanterie. Je pourrais
en faire d'autres, mais comme il y a peut-être des
gens grincheux dans l'assistance, je ne veux pas...

CÉLESTINE.

Nous ne voulons pas...

TALMA.

Que ces gens grincheux puissent se dire : « Ah!
mais! Ah! mais! Qu'est-ce que... voyons... hein? »
Nous ne voulons pas ça... et pour vous montrer,
gens grincheux, que nous sommes à même de
savoir émouvoir après avoir fait rire, ma Célestine
adorée... (ça n'est pas parce qu'elle est ma femme,
mais c'est une phénomène...) ma Célestine, dis-je,
adorée, va passer d'un bond au travers de ce petit
cerceau.

Il montre au public un cerceau minuscule.

CÉLESTINE.

Décidément, mon ami, vous déraisonnez.

TALMA.

Moi?

CÉLESTINE.

Tout à l'heure, le pain d'épice et maintenant le cerceau!... Les tours les plus inavouables de mon répertoire !

TALMA, au public.

Qu'est-ce qu'elle dit ? Qu'est-ce qu'elle dit ?

CÉLESTINE, montrant le cerceau.

Dans un salon vous voulez que je traverse... oh ! mon ami, voyons, soyez convenable, je vous en prie, soyez convenable !

TALMA, à part.

Elle veut faire rater la représentation ! (Haut, avec fureur.) Célestine !

CÉLESTINE.

Devant des personnes si bien mises, dans un si beau monde, je ne peux exécuter que le Tour de la chaise.

TALMA.

Qu'est-ce que c'est que ça ?

CÉLESTINE.

C'est bien simple. (Elle place une chaise au milieu de la scène et en fait lentement le tour.) Voilà. Je pourrais le faire comme ça soixante-dix-neuf fois, sans me fatiguer. En faisant ce tour-là, mon ami, vous remarquerez que je ne dépasse pas les limites des convenances.

TALMA, hors de lui.

Ma Célestine!... (Au public.) Gens qui n'êtes pas encore mariés, regardez, profitez!... gens qui êtes mariés, constatez, comparez!... gens qui avez été mariés, souvenez-vous!... (Roulement de tambour.) Voulez-vous vous taire! Je ne suis pas en train de plaisanter!

CÉLESTINE.

Voulez-vous me laisser exécuter le Salsif..

TALMA, rageant.

Non! mille fois non !

CÉLESTINE.

Non?

TALMA.

Jamais de la vie!

CÉLESTINE, entre ses dents.

On va rire alors, on va rire!

TALMA.

Je continuerai la représentation tout seul, je n'ai

12

pas besoin de vous. (Avec rage.) Mesdames, messieurs, après ce tour étonnant exécuté par ma
femme aimée, nous allons passer aux tours de
force.

CÉLESTINE.

Nous commençons par les poids.

TALMA.

Taisez-vous : vous n'avez plus la parole ! (Au
public.) Nous commençons par les poids !

Duo.

1er Couplet.

TALMA.

Mesdames et messieurs, ça pè...

CÉLESTINE.

...se,

Tell'ment qu'on s'y meurtrit les doigts

TALMA.

Et qu'il vaut mieux fair' du trapè...

CÉLESTINE.

...ze,

Vingt-trois fois qu'un' seul' fois des poids !

TALMA, tendant la main.

Néanmoins sur cett'paume nue

CÉLESTINE, montrant les poids laissés par Barigoule.

Ces deux gros poids vont être laissés

TALMA.

Jusqu'à

CÉLESTINE.

...ce que

TALMA.

...la fou...

CÉLESTINE.

...le émue

TALMA.

Ait crié :

CÉLESTINE.

Ait crié :

ENSEMBLE.

« Z'assez ! »

ENSEMBLE.

Pour fair' c'tour avec goût,
Faut pas d'nerfs ni d'souplesse,
Faut pas d'trucs ni d'adresse,
Pour faire c'tour avec goût,
Il faut du muscl', v'là tout!

TALMA.

Mesdames, messieurs, je commence... Ecartez-
vous, Célestine... ça va être admirable ! (Il saisit les
poids.) Une, deux, trois! (Il essaie de les soulever, impossible.) Hein! Qu'est-ce que c'est donc? Qu'est-ce
que c'est?... Je reprends : Une, deux, trois! (Même
jeu, même impuissance.) Ah ! ça! ce sont donc de vrais
poids ?

CÉLESTINE.

Oye ! oye ! oye!

TALMA.

C'est-à-dire... je voulais dire... Tenez, mesdames, messieurs, je n'ai pas mon bras habituel...
ce salon, ce beau monde, ces lumières... (bas à célestine.) C'est encore vous qui avez fait ça!

CÉLESTINE, bas.

Ça, non, mon ami, je crois que c'est Barigoule...

TALMA, bas.

Il m'en veut donc, Barigoule?

CÉLESTINE, bas.

Il est furieux après vous.

TALMA, bas.

Pourquoi?

CÉLESTINE.

Parce que vous m'avez épousée et qu'il aurait préféré que ce fût lui.

TALMA.

Ah bien! sapristi! Ah bien! sapristi!

CÉLESTINE.

Rassurez-vous, mon ami, son amour est sans espoir.

TALMA.

Mais je l'espère fichtre bien!

CÉLESTINE.

Je lui ai dit, à Barigoule : Tant que mon mari vivra...

TALMA.

A la bonne heure!

12.

CÉLESTINE.

Alors il m'a fait entendre qu'il vous tuerait. Je lui ai répondu: « Ça, ça vous regarde! Mais je vous le répète, tant que mon mari vivra, Barigoule, votre amour est sans espoir... » Et maintenant, mon ami, faites le Prométhée enchaîné... Ce tour-là, vous ne le ratez jamais.

TALMA, à lui-même.

Barigoule! Qui l'eût cru?... En voilà un que je vais te flanquer à la porte de notre voiture conjugale!

CÉLESTINE, apportant au milieu de la scène une chaise et une longue corde.

Voilà la corde... voilà la chaise...

TALMA.

La corde... la chaise... Ah! oui!

Deuxième couplet.

TALMA.

Mesdam', messieurs, ma Célesti...

CÉLESTINE.

                                        ...ne

Sa Célestin' va l'attacher

TALMA.

Avec cett' corde longue et fi...

CÉLESTINE.

...ne,

Sur cette chaise. On peut toucher...

TALMA.

Et quand j'aurai bien joué mon rôle,

CÉLESTINE.

Au moment où l'public el'voudra,

TALMA.

D'un petit mouv'ment sec d'épaule

CÉLESTINE.

Il se dé...

TALMA.

Je m'dé...

ENSEMBLE.

liera !

TALMA, pendant que Célestine l'attache.

Barigoule ! qui l'eût cru ! un garçon si innocent ! si dévoué ! (A sa femme.) Aïe ! vous me serrez !... Barigoule ! Oh !... Tiens ! je voulais faire un geste d'indignation, j'oubliais que je suis attaché ! et je vous prie de croire que je ne le serai pas long-

temps! Trois mouvements de corps et je me dé-
gage, de quelque façon qu'on m'attache! Voilà ce
que n'aurait pas pu faire mon brillant ancêtre
(1680).

CÉLESTINE, faisant le dernier nœud.

Ça y est.

TALMA, ligoté.

Ah! vous voyez, mesdames, messieurs, je suis
bien attaché; il semble impossible que je puisse me
délier. Plus d'un parmi vous se dit en ce moment :
« Il est impossible que cet homme se délie. » Eh
bien... Une, deux, trois... (vains efforts.) Qu'est-ce
que c'est? Qu'est-ce que c'est? Qu'est-ce qu'il y a
donc là?

CÉLESTINE.

Je ne sais pas, mon ami.

TALMA.

Comment m'avez-vous donc attaché?

CÉLESTINE.

Comme toujours, mon ami!

TALMA, faisant de vains efforts pour se dégager.

Une, deux, trois! Une, deux, trois!

CÉLESTINE.

Vous êtes si bien attaché que ça?

TALMA.

Mais oui!

CÉLESTINE.

Vous ne pouvez pas vous délier?

TALMA.

Je n'y comprends rien.

CÉLESTINE, à elle-même.

Moi, je comprends. (Au public.) Maintenant, mesdames et messieurs, que mon mari est dans l'im-
possibilité de faire aucun mouvement, je vais avoir
l'honneur d'exécuter devant vous le Salsifis indélicat.

TALMA, écumant

O rage!! ô fureur!

CÉLESTINE.

Quand j'ai quelque chose dans la tête...

TALMA.

Célestine!!

CÉLESTINE.

Oui, mon ami, criez!... Soulagez-vous!

TALMA.

Célestine, un mot! Déliez-moi et je vous jure de
vous laisser exécuter le Salsifis, mais vous le voir

exécuter devant tout le monde et ne pas pouvoir même y applaudir, ça me serait trop pénible. Et puis ces cordes me font mal, Marg... (se reprenant.(Célestine, elles m'entrent dans les chairs, les cordes...

CÉLESTINE.

Vous me jurez de me laisser exécuter le Salsifis ?

TALMA.

Je le jure.

CÉLESTINE.

C'est bien, je vous délie de votre chaise, mais je ne vous délie pas de votre serment... prenez garde...

TALMA.

Les saltimbanques n'ont qu'une parole. Ça et les maillots roses...

CÉLESTINE.

C'est bien, c'est bien... Allez au tambour... Je commence... (Au public.) Cependant, mesdames, messieurs, comme ce tour a été très impatiemment attendu, je ne crois pas être trop exigeante en demandant à l'aimable société une somme un peu forte. Voyons... deux francs ! Deux francs, et j'exécute le tour si inconvenant. (Une pièce de deux francs tombe sur le petit tapis.) Ah ! une pièce de deux francs.

TALMA, au tambour.

Oh! naturellement, vous pouviez demander dix francs, on vous les aurait donnés, du moment qu'il s'agit d'une chose grivoise...

CÉLESTINE, au public.

Il bougonne, Talma bougonne. Je commence. (Entendant Talma qui sanglote.) Eh bien! qu'est-ce que c'est? Qu'est-ce que tu as?

TALMA, en larmes.

J'ai rien.

CÉLESTINE.

Mais si, tu pleures.

TALMA.

C'est pour m'amuser, je te dis que je n'ai rien.

CÉLESTINE, allant à lui.

Mais je ne l'ai jamais vu pleurer comme ça. Le tambour est tout mouillé! Je veux que tu me dises ce que tu as.

TALMA, pleurant toujours.

J'ai que tu me fais de la peine, là!

CÉLESTINE.

A cause de quoi?

TALMA.

Tu demandes à cause de quoi.

CÉLESTINE.

C'est le Salsifis....

TALMA.

Évidemment c'est le Salsifis, dans dix ans ça ne me fera peut-être plus rien, mais maintenant ça me fait quelque chose.

CÉLESTINE.

Ah! que tu es bête, je voulais te faire enrager, mais je ne voulais pas te faire pleurer. Coco, va.

TALMA, encore ému, mais tout joyeux.

Alors, tu ne l'exécuteras pas?

CÉLESTINE.

Non! je ne l'exécuterai pas et je te supplie de me pardonner... Tu sais, les poids, c'était pas Barigoule, c'était moi... Et Barigoule, il ne voulait pas te tuer, c'était de la blague.

TALMA, transporté.

Ah! ma chérie! (Au public.) Ah! je vous demande pardon, mesdames, messieurs, j'allais l'embrasser :

Dieu m'est témoin que j'allais l'embrasser, j'oubliais que nous sommes devant du monde et que nous avons un programme à remplir... Mais au fait, il est rempli, le programme. Nous avons tout raté, mais il est rempli. Mesdames, messieurs...

CÉLESTINE.

Et les deux francs ?

TALMA.

Garde-les. Tu mérites de les garder parce que tu as été douce et bonne, et que mes pleurs t'ont touchée ; le monsieur là-bas ne mérite pas qu'on les lui rende parce que c'est l'espoir de voir quelque chose d'inconvenant qui les lui a fait jeter.

Duo.

CÉLESTINE et TALMA.

Mesdam's et messieurs, maintenant
Ra ta plan, plan, plan,
Qu'est-ce qu' vous dit's de not' talent
Ra ta plan, plan, plan,
N'est-c' pas qu' c'est beau d' fair' tranquill'ment
Ra ta plan, plan, plan,
Un travail aussi fatigant,
Rrrrran.

Roulement de tambour.

CÉLESTINE.

Messieurs, quand sur notre vieillesse,
Noüs vivrons tous les deux chez nous,
Que nous connaitrons la richesse,
A forc' d'empiler des gros sous...
Nous nous rappell'rons cett' soirée,
Où nous avons froissé l' velours
Et d'vant un' charmante assemblée
Exécuté nos plus beaux tours.

ENSEMBLE.

Mesdam's, il ne nous rest' plus qu'à
        Ra fla fla fla fla,
Pardonner au fol auteur qu'a
        Ra fla fla fla fla,
Eu l' toupet de composer l' Sa
        Ra fla fla fla fla,
    Le Salsifis indélicat.

        Rrrrra!

        Rideau.

POUR QUAND ON EST UN

LES
LETTRES DE MADAME DE SÉVIGNÉ

CONFÉRENCE

A EMILE BERR

PERSONNAGE

SAINT-HONORÉ DE LANSAC . . . .   M. DE FÉRAUDY.

———————

LES
LETTRES DE MADAME DE SÉVIGNÉ

Le conférencier salue, pose sur la table des livres et un paquet de lettres, s'asseoit, prépare son verre d'eau et commence.

Mesdames, messieurs...

Madame de Sévigné naquit en 1626. Ses premières lettres ne datent pas de cette époque. Elle les écrivit plus tard, beaucoup plus tard. Mon but, dans cette conférence, n'est pas de vous raconter la vie de madame de Sévigné. La vie des grands hommes — si je puis ainsi dire — ne nous regarde pas. Nous devons nous attacher à leur œuvre plus qu'à leur personne. J'ai copié quelques lettres de madame de Sévigné. Nous allons les discuter ensemble. Ces lettres sont adressées à madame de Grignan, fille de madame de Sévigné et dont la naissance s'effectue vingt-deux ans après celle de sa mère. Jusque-là, rien d'anormal.

Madame de Grignan ne doit sa popularité qu'aux lettres de sa mère. Sans sa mère, personne n'aurait jamais parlé d'elle. Nous avons ainsi des personnages dans l'histoire, qui bénéficient de certaines mitoyennetés glorieuses... et dont la renommée est faite — si je puis ainsi parler — du reflet, du frottement, de l'éclaboussure de la gloire des autres... Sans Molière, que serait la vieille Laforest? Sans Ronsard, connaîtrait-on Hélène? Si Alcibiade n'eût pas existé, parlerait-on seulement de son chien?

Mais ces réflexions, bien que justes, m'éloignent de mon sujet. — J'y rentre.

Voici la première lettre de madame de Sévigné, ou du moins la première digne d'être lue en public : « Mon cher monsieur Canard... » (Il s'interrompt et regarde stupéfait la lettre qu'il lit.) Qu'est-ce c'est que ça? (Très troublé, au public.) Je vous demande pardon, il y a erreur... (Il regarde encore la lettre.) Mais c'est l'écriture de ma femme, ça! (Véhément.) Elle écrit à Canard? Canard, avec qui je suis brouillé depuis deux ans... depuis mon mariage? C'est trop drôle... (Demandant au public la permission de lire complétement la lettre.) Vous permettez? (Il lit, puis interrompt sa lecture.) Causez... vous pouvez cau--ser... (Il reprend sa lecture.) Inouï!... Inouï!... (Il a fini sa lettre. Au public.) Canard est un ami de collège... Un de ces amis vagues comme on en a mille à Paris (vite.) « Tiens! Canard... bonjour... ça va bien...? pas mal... allons, tant mieux... eh bien, à un de ces jours... » Il y a deux ans, nous nous trouvons ensemble chez madame Puyjoli et nos regards s'arrêtent sur la seule jeune fille qu'il y eût dans la maison, mademoiselle Puyjoli. — D'amis nous voilà rivaux.

Ma vivacité d'esprit, mes façons élégantes, mon impeccable plastique, plaisent davantage. Je triomphe. Le lendemain des fiançailles, Canard m'aborde froidement : « Renonce à ce mariage. » — « Moi? Tu es fou! » — « Renonce à ce mariage! » — « Jamais! » — « Eh bien, tu auras un jour de mes nouvelles. Je me vengerai, au moment où tu t'y attendras le moins! »

s'interrompant dans son récit.

Je vous demande pardon, mesdames et mes-

13.

sieurs, de vous raconter tout ça; ça n'a aucun
rapport avec madame de Sévigné. Seulement il
est plaisant que Canard, pour se venger, ait justement choisi le moment où je vous fais ma conférence. Oui, mesdames, oui, messieurs, cette lettre
est datée du jour de mes fiançailles — il y a deux
ans. Elle est écrite par ma femme à Canard. Le
drôle me l'a glissée sur ce paquet de lettres pour
me troubler et me rendre ridicule à vos yeux. Eh
bien, je ne serai pas ridicule, car je vais vous lire
cette lettre. J'ai manifesté, tout à l'heure, en la lisant, un étonnement dont j'ai le devoir de vous
rendre compte. Les moindres gestes d'un orateur,
ses moindres jeux de physionomie, dès l'instant
qu'il est devant le public, appartiennent au public.
Voici cette lettre. (il lit.) « Mon cher monsieur
Canard, j'épouse dans huit jours M. Saint-Honoré
de Lansac... » (Au public.) Je m'appelle en effet
Saint-Honoré de Lansac. Ma profession n'est pas
lucrative. Je fais une ou deux conférences par an
sur madame de Sévigné. Heureusement, j'ai un peu
de fortune personnelle, sans quoi... Bélisaire! Je
serais Bélisaire! — «... J'épouse dans huit jours
M. Saint-Honoré de Lansac, mais c'est vous que
j'aime, Canard!... » — C'est admirable! — «... Ca-

nard! Mes parents m'infligent M. de Lansac, parce
qu'il a un peu de fortune personnelle... » — Préci-
sément... je vous le disais... — «... personnelle...
et que son nom ronfle... » (A lui-même.) Mon nom
ronfle? — «... Ne quittez donc pas Paris, cher monsieur Canard, laissez passer mon mariage et restez
à portée de mon cœur! » (Il boit quelques gorgées d'eau
sucrée.) Eh bien, tout ça ne m'inquiète pas. Il y a
deux ans que ma femme a écrit cette lettre et, en
deux ans, tout a bien changé. Nous n'avons plus
revu Canard... ma femme m'adore... Cette lettre
est une inconséquence de jeune fille, et voilà tout.
Je vous demande pardon de cette digression. Je
rentre dans mon sujet.

Après avoir consulté quelques notes.

La lettre que je viens de vous lire, messieurs,
marque une âme naïve, mais profondément ai-
mante... (s'interrompant.) Il ne s'agit pas, messieurs,
de la lettre à Canard... Cette sotte histoire me
brouille tout... C'est stupide.

Madame de Sévigné en écrivit une autre plus
tendre encore et dont la forme en tout cas me paraît supérieure. Elle est adressée à madame de Grignan dont nous parlions tout à l'heure. (Il prend une

seconde lettre dans ses paperasses et lit.) « Mon Canard... » — Encore? Ah ça, c'est une série? —
« Me voilà marié... quelle désillusion ! » — Ah !
mais ! Ah ! mais !... (il feuillette les paperasses qui sont
devant lui.) « Canard de mon cœur... Doux Canard...
Canard à moi ! » Et les dates se rapprochent... se
précipitent... En voici une qui est toute récente...
Voyons celle qui est toute récente... (il lit, puis ac-
cablé.) Oh ! mon Dieu !... Mais alors... (changeant de
ton.) De l'eau.. un peu d'eau... (il boit.) Ma femme...
ma conférence... je n'en ai que deux par an... Canard... l'odieux Canard... ma conférence... ma
femme... je l'avais si bien préparée... Mais pardon... messieurs... tout ceci vous importe peu...
je connais mon devoir... je rentre dans mon sujet.

Il consulte ses notes.

Oui ! ces lettres partent d'une âme chaste...
(A lui-même.) l'odieux Canard... — Ces lettres sont
exquises à lire... Il n'y en a pas d'autres au moins...
(il cherche dans ses papiers.) Si ! encore une, de Canard
celle-là ! (il lit.) « Mon ami... » Son ami ! Il badine !
Canard badine ! (il lit.) Je t'ai dit que je me venge-
rais et à l'heure où tu t'y attendrais le moins. J'ai
choisi le moment où tu fais ta conférence annuelle

sur madame de Sévigné. (Il va pour boire.) J'avais d'a-
bord songé à empoisonner ton eau... (Il interrompt
son mouvement et repose son verre.) comme tu as em-
poisonné mon bonheur, mais la mort d'un homme
est chose grave. Ci-joint les lettres que ta femme
m'a écrites depuis la soirée où nous fûmes chez
les Puyjoli... jusqu'à nos jours. Pour éviter les
scènes dont elle a horreur et qui suivraient infail-
liblement la lecture des lettres ci-jointes, nous
partons dans le Nord... Ecris nous poste restante.
Adieu, mon vieux, continue bien tranquillement
ta conférence et surtout ne t'émeus pas, nous
sommes en parfaite santé. — Canard. »

Il reste un instant consterné, puis, au public.

Madame de Sévigné passa les dernières années
de sa vie près de Canard... Non... près de sa
fille... mademoiselle Puyjoli... Non... madame
de Grignan... en Provence... dans le Nord... Elle
mourut en 1696.

Il sort précipitamment.

UN
MONSIEUR QUI VA DANS LE MONDE

FANTAISIE

A ALFRED MAYER.

PERSONNAGE

LE MONSIEUR . . . .   M. DE FERAUDY.

———

UN
MONSIEUR QUI VA DANS LE MONDE

Il entre très gêné et parlant à quelqu'un qu'on ne voit pas.

Je ne sais pas de monologues... je vous assure...
je ne sais pas de monologues. Hein? quoi? (Au public.)
Je vais dire une fable, voilà tout.

Récitant.

La Cigale et la Fourmi

Un agneau se désaltérait
Dans le courant d'une onde pure...

Non ! j'ai déjà été pincé... j'ai déjà été pincé
dans des salons par le maître de la maison, mais

jamais le maître de la maison ne m'avait imposé
un châtiment pareil à celui-ci.

Dans le courant d'une onde pure...

Vous m'avez peut-être remarqué tout à l'heure
au buffet. C'est moi le monsieur qui mangeait et
qui buvait tant. J'en étais à mon sixième verre d'o-
rangeade : ça m'est ordonné, l'orangeade ; les al-
cools me font mal. Chaque fois que j'avale un petit verre d'alcool, ça me fait mal. J'en étais donc à
mon sixième verre d'orangeade, quand un monsieur très bien, — ça devait être le maître de la
maison, pour sûr — s'approche de moi et me dit :
« Pardon, monsieur, qu'est-ce que vous faites
là ? » — « Vous le voyez, monsieur, je bois de l'o-
rangeade et je mange des petits gâteaux. » —
« Mais je ne vous connais pas, monsieur. » — « Moi
non plus, monsieur, mais je suis ravi que ce verre
d'orangeade nous donne l'occasion de faire connaissance. » Ordinairement ça prend. Ça n'a pas
pris. Le maître de la maison m'a prié de m'en
aller. Je lui ai dit que non, que je ne voulais pas,
qu'il recevait trop bien. Ça l'a flatté. Et c'est alors
qu'il lui est venu une idée !... l'idée de me faire dire

un monologue à la place d'un artiste qui ne vient
pas. — « Un monologue, monsieur, un monologue, ou je vous chasse devant tous mes invités.
Puisque vous mangez des petits gâteaux sans con-
naître celui qui vous les offre, c'est bien le moins
que vous lui serviez à quelque chose. » — « Mais
je ne sais pas de monologues... » — « Eh bien,
dites n'importe quoi, une fable ! » Alors je vais
vous dire une fable. Je vais vous dire *La Cigale et
la Fourmi.*

> Un agneau se désaltérait
> Dans le courant d'une onde pure...

Sapristi ! j'aurais dû dire au maître de la maison que je me trompais d'étage. Ça m'a réussi une
fois...

> Dans le courant d'une onde pure...

Récitant très vite, en bredouillant un peu.

> Un loup survient à jeun, qui cherchait aventure
> Et que... et que... la faim en ces lieux...

Vous savez, je n'ai pas la prétention de bien dire,
je récite gentiment, voilà tout.

Et que la faim en ces lieux attirait...

Moi, qu'est-ce que vous voulez ? j'adore le monde. Ma famille habite Montpellier. Je suis seul à Paris, sans argent, sans relations. Eh bien, je veux me faire des relations, voilà tout. Il n'y a que ce moyen-là pour arriver. Ah ! les relations ! C'est mon rêve. Dans la rue, je salue n'importe qui. On me rend généralement mon salut, ça me fait plaisir. L'ennui de ces relations-là, c'est qu'elles durent peu. Elles commencent au moment où le chapeau se soulève, elles finissent au moment où le chapeau se renfonce ; c'est court, évidemment c'est court.

Heureusement j'ai trouvé — ceci entre nous — j'ai trouvé un moyen de m'en créer des vraies — des relations ! Les soirs d'hiver, je passe mon habit, je vais dans les grandes rues de Paris, et je regarde les fenêtres. Quand j'en vois une file brillamment éclairée, j'en conclus qu'il se donne dans la maison une soirée, et je monte. Le domestique m'annonce. « Monsieur de n'importe quoi, » ça n'a pas d'importance. Le maître de la maison se dit : « Tiens ! c'est quelqu'un que ma femme aura in-

vité sans me prévenir ! » La maîtresse de la maison se dit : « Tiens ! c'est quelque ami de mon
mari ! » Et j'entre gaiment, sourire aux lèvres,
comme un intime. Ça a toujours pris. Il n'y a que
ce soir...

Récitant.

Qui te rend si hardi de troubler mon breuvage,
   Dit cet animal plein de rage...

Je me souviens... une chose très drôle... Dans
une de ces soirées-là, il y a un monsieur qui m'a
demandé de le présenter au maître de la maison.
Et je l'ai présenté. Et le maître de la maison lui a
dit, en me montrant : « Présenté par monsieur,
vous m'êtes doublement sympathique. Les amis de
nos amis... »

   Dit cet animal plein de rage...
         La mémoire lui fait défaut.
   Dit cet animal plein de rage... plein de rage...

C'est curieux, les fables... Ça vous reste... Celle-
là, je ne l'ai pas relue depuis le lycée... et...

   Dit cet animal plein de rage...

Il hésite.

Allons bon ! je ne sais plus !...

Et chez les Bonnivard ! Ce qui m'est arrivé chez
les Bonnivard ! Les Bonnivard voulaient marier
leur fille. Ils attendaient un prétendu, précisé-
ment le soir où je suis passé dans leur rue, en habit, selon mon habitude et guettant les fenêtres. Ils
en avaient éclairé quatre... pour un prétendu !...
Moi, j'ai cru qu'on donnait là une soirée et je suis
monté. On m'a reçu à bras ouverts. « Comment ?
c'est vous le jeune homme ? » m'a dit une tante
âgée. — « Oui, c'est moi, le jeune homme... » —
« Il est très bien, ma chère, mais le nez... » —
Enfin on m'épluchait. Le père Bonnivard — j'ai su
leur nom depuis — m'a dit : « Asseyez-vous, monsieur Trublot. » La mère Bonnivard m'a dit : « Faites votre cour ! » — Et j'ai fait ma cour. Très gentille, la petite Bonnivard. Ça marchait très bien.
Seulement une heure après, quand le vrai Trublot
est arrivé, on m'a flanqué à la porte. Ç'a été un vrai
scandale. Le père Bonnivard hurlait, la mère Bonnivard pleurait, les tantes âgées étaient toutes rou-
ges et la jeune fille murmurait : « Quel dommage !
Je l'aimais déjà ! » Ce jour-là, j'ai passé à côté du
bonheur.

Sire, répond l'agneau, que Votre Majesté
Ne se mette pas en colère,
Mais plutôt qu'elle considère
Que je me vas désaltérant
Dans le courant...

Il se trouble.

Dans le courant...

Je ne sais plus... Oh! que c'est contrariant! Le maître de la maison aurait dû me faire passer des rafraîchissements. Ça m'aurait été moins pénible que de rester devant une assistance aussi nombreuse...

Dans le courant...

Non... je ne trouve plus rien... Et ne me demandez pas autre chose... parce que je ne sais à peu près que la *Cigale et la Fourmi*... et encore... vous voyez...

Il sort contrarié.

PSYCHOLOGIE

ou

L'ART DE SUIVRE LES FEMMES

FANTAISIE

Pour mes Fils, quand ils auront vingt ans.

14

PERSONNAGE

LE PSYCHOLOGUE . . . . M. G. BERR.

PSYCHOLOGIE

Je m'adresse, messieurs, aux virtuoses du platonisme. Les virtuoses du platonisme seuls me comprendront. Moi, je suis un virtuose du platonisme ; j'aime les femmes d'une façon immatérielle : la femme est pour moi un sujet constant d'étude psychologique. Chaque femme est une énigme que je m'amuse à déchiffrer, un problème que je me fais fort de résoudre. Vous comprenez bien, messieurs, que lorsqu'on a cette manie, il faut s'adresser à une grande variété de femmes, à des femmes de toute condition. Une charcutière est aussi indéchiffrable, aussi intéressante qu'une femme du monde. Où trouve-t-on, messieurs, une grande variété de femmes ? Dans la rue... oh ! vous direz ce que vous voudrez, dans la rue. Voilà pourquoi je suis les femmes. Il y a sept ans que je les suis, du matin au soir... J'ai de la fortune. Mon apprentis-

sage a duré quatre ans, j'ai tâtonné deux ans, aujourd'hui je sais. Ça ne s'apprend pas du jour au
lendemain. Vous croyez peut-être qu'il suffit de
camper son chapeau de travers et de dire brusquement à une femme, dans la rue : « Eh bien, où
va-t-on comme ça ? » Si vous croyez ça, vous êtes
des viveurs, vous n'êtes pas des artistes. Un artiste, messieurs, ne suit pas une femme blonde
comme une femme brune, une femme qui se promène comme une femme qui va à ses affaires. Il y
a des nuances très délicates à saisir. Les premiers
pas — si j'ose m'exprimer ainsi — les premiers
pas sont très dangereux. Dans mon année de début, j'ai reçu cent vingt-cinq gifles, vingt-trois
coups de parapluie et une roulée. Une roulée! Ça
m'a fait réfléchir. Aujourd'hui je suis très fort, j'ai
des trouvailles, je suis le Rembrandt de cet art-là.

Tout d'abord les premiers principes... Ayez toujours, pour suivre les femmes, des vêtements sombres : on vous remarque moins... vous vous fau-
filez davantage... et puis, vis-à-vis de la femme
que vous suivez, vous n'avez pas l'air d'un casca-
deur, vous avez l'air d'un monsieur très sérieux,
très tranquille, qui allait à ses affaires, mais qui,
v'lan! a été stupéfait, bouleversé — le coup de

foudre! — et qui suit... malgré lui... par exception!
Ça flatte toujours une femme. Comme coiffure, je
conseille le chapeau à haute forme. Ayez toujours
de bonnes chaussures... on marche beaucoup. Dans
vos poches, une petite boîte de poudre de riz et
des épingles.

Ah!... Quelque temps qu'il fasse, un parapluie.
Par les beaux jours de soleil, personne n'en a ; il
peut tomber une averse... alors vous êtes un sauveur.

Il faut suivre une femme à huit mètres vingt-
cinq. Plus près, vous l'importunez tout de suite ;
plus loin, elle ne vous remarque pas. Et il faut
qu'elle vous remarque... sauf dans quelques cas...
mais ils sont rares.

Maintenant, pour aborder une femme en évitant
la gifle, nous avons plusieurs moyens. Ils ne sont
pas infaillibles. Quand on commence, il faut toujours s'attendre à être giflé une fois sur dix. Ça dé-
courage l'amateur, ça stimule l'artiste. Ne soyez en
tous cas ni banals, ni hésitants.

Rejoignez par exemple la personne que vous
suivez au bord d'un trottoir, au moment où elle
va traverser la chaussée. Choisissez de préférence
une chaussée où les voitures s'entrecroisent furieu-

sement. Elle s'élance; vous l'arrêtez par le bras :
« Vous êtes folle, madame! » — « Monsieur... »
— « C'est pas Dieu possible, vous êtes folle! Vous
voulez passer là-dedans? » — « Monsieur... » —
« Prenez mon bras, madame, nous allons traverser ensemble. Oh! rassurez-vous. Je suis un galant
homme : je vous vois imprudente, je considère
comme un devoir de ne pas vous laisser traverser
seule, voilà tout. »

Encore un bon truc — un truc de psychologue,
de virtuose, d'artiste, ne l'oublions pas, — c'est
de se promener sur les boulevards avec un ami...
un ami à qui vous avez fait la leçon, un compère.
Vous cherchez une femme, une âme à étudier...
Vous la voyez, vous voyez l'âme. Vous la devan-
cez, et votre ami la suit. Suivez-moi bien. La situation est claire. Cette dame vous suit, votre ami
la suit; vous me suivez?

Brusquement votre ami s'approche d'elle : « Madame... hé?... madame?... » Recommandez à votre
ami de dire cela brusquement, presque avec gros-
sièreté : « Madame... hé? madame? » La dame,
outrée, presse le pas... Votre ami insiste : « Madame, écoutez donc, voyons!... » Il peut même
dire : ma p'tite dame! Enfin que tout ça soit bien

goujat. La dame alors énervée s'affole et murmure :
« Oh ! mon Dieu ! mon Dieu ! » Ici votre rôle commence. Vous cessez de précéder, vous vous retour-
nez et vous dites froidement à la dame : « Tiens,
c'est toi ? tu rentres chez belle-maman ? » La dame
vous regarde stupéfaite. Vous vous adressez alors à
votre ami très penaud : « Vous disiez quelque chose
à ma femme, je crois, monsieur ? » Il répond :
« Mon Dieu ! je... pardon... » Et il file. Son rôle
est fini. « Mais, monsieur, que veut dire ? » s'écrie
la dame. « Mon Dieu, madame, j'ai cru devoir
vous débarrasser de ce grossier personnage, dont
vous paraissiez fort en peine. Avouez que le moyen
est bon ! » — « Oh ! monsieur, que de reconnais-
sance ! » — « Que voulez-vous, madame, j'ai horreur de ces godelureaux qui adressent la parole aux
femmes en pleine rue... »

Si vous avez souvent recours à ce système, messieurs, laissez une ou deux fois à votre ami le rôle
du sauveur généreux et prenez celui du passant
grossier. Sans ça, vous comprenez, à la longue,
ça pourrait l'embêter, votre ami.

Ces deux tactiques, vous pouvez les employer
vis-à-vis des femmes quelconques, mais les femmes
spéciales demandent des tactiques spéciales. La

femme blonde, rêveuse, romanesque se suit d'un
peu loin — à dix mètres à peu près — et très longtemps, quinze jours au moins. Vous comprenez
qu'il faut qu'elle se dise, en rentrant le soir :
« Mais quel est ce jeune homme, qui me suit mys-
térieusement, sans approcher... qui se fait mon
ombre ?... » Vous saisissez, messieurs : vous occu-
pez son imagination... Pour la femme brune aux
yeux profonds, feindre la passion... suivre tout près
— dans le cou... Puis, brusquement, vous la dé-
passez et vous vous campez devant elle ! « Où vas-
tu par là ? » — « Mais, monsieur... » — « Ah ! pardon, madame, mais je vous prenais pour ma
femme. Toutes les femmes que je vois dans cette
rue, je les prends pour ma femme. Gontran, le
cousin Gontran, habite dans cette rue, comprenez-
vous ?... Mais non ! vous ne pouvez pas comprendre ! Je suis jaloux, madame, comme Othello ! »
— « Oh ! si, je vous comprends, monsieur ! » s'é-
crie la femme brune aux yeux profonds. — « Vous
me comprenez. Nous nous comprenons. Enfin voilà
donc quelqu'un qui me comprend ! » Et cætera.

On ne suit pas les femmes qu'à pied, messieurs.
Il y a l'omnibus, il y a le chemin de fer. En omnibus, c'est simple. Asseyez-vous près de celle qui

vous plaît, puis, quand le conducteur passe devant
vous, donnez douze sous en disant à haute voix :
« Deux! » Ne tremblez pas surtout, que tout l'omnibus sente que vous avez des droits sur cette
femme, qu'elle serait ridicule en se regimbant :
« Deux! » Ça ne prend pas toujours, ça prend quelquefois.

En chemin de fer, l'artiste ne devra agir que s'il
se trouve seul avec son sujet d'étude. Le cas se
présente souvent.

Le train part ; elle est dans son coin, immobile.
Vous, vous n'avez pas l'air de vous apercevoir
qu'elle est là. Vous êtes agité : de temps en temps
vous murmurez : « Mon Dieu! est-ce possible?... »
La dame alors vous regarde... vous devenez intéressant. Tout à coup vous éclatez en sanglots, brusque ment, comme quelqu'un qui ne voudrait pas
mais dont la douleur emporte la volonté. Elle s'é-
crie : « Mon Dieu, monsieur, qu'avez-vous? » —
« Oh! rien, madame. Je suis ridicule, voilà tout.
Que voulez-vous? On est faible. Je l'aimais. Elle
m'aimait. Mais je suis pauvre. Elle est riche. L'éternelle histoire! On la marie à un autre. Alors moi,
je voyage... je vais loin... bien loin... » (Ne prenez
pas un train de banlieue, parce que s'il ne dépasse

pas Saint-Cloud, vous avez tout de suite l'air d'un idiot)... « Je vais loin... bien loin... pour oublier... ah! mon Dieu! madame... » Elle murmure alors : « Pauvre jeune homme! » — « Qu'entends-je? Vous me plaignez, tu me plains... » Et cætera.

En chemin de fer, nous avons encore le moyen qui consiste à se mettre devant la sonnette d'alarme, à tirer un grand couteau de sa poche en murmurant : « J'ai besoin d'argent, elle paraît riche et nous sommes seuls. » Mais il n'est pas très bon, le moyen. Vous terrorisez la pauvre femme et c'est toute une histoire après pour gagner sa sympathie.

Je m'arrête. Voilà déjà longtemps que je suis en place. J'ai besoin de marcher... l'habitude! Je fais mes trente-deux kilomètres par jour, moi! Surtout, messieurs, maintenant que je vous ai dévoilé quelques ruses artistiques, ne vous emballez pas. Remarquez qu'il ne suffit pas de se dire un beau matin : « Tiens! si je suivais les femmes! » Ce serait aussi bête que de décider qu'on va faire un beau tableau. Dans tout art, il faut être doué... dans celui qui nous occupe surtout. Il faut de la vocation, du goût et une grande intelligence pour suivre les femmes. Il faut penser. Quiconque ne pense pas ne suit pas.

D'ailleurs je ne fais que répéter un vieil adage connu avant moi : « Je pense, donc je suis. » Au revoir, messieurs, j'ai encore aujourd'hui toute la rue de la Paix à faire et je suis en retard. Si vous avez des renseignements supplémentaires à me demander, tous les dimanches matin, je fais le Cours-la-Reine. Messieurs...

Il salue et sort.

LE PROFESSEUR DE MORT

A Félix Galipaux.

PERSONNAGE

GALOUBET. . . . . M. Félix Galipaux

LE PROFESSEUR DE MORT

En scène, une petite table. Sur la petite table, pots de rouge, poignard, pains à cacheter, etc... Galoubet entre et déploie par terre, devant la table, un petit tapis.

Mesdames, Messieurs,

Je ne suis ni un prestidigitateur, ni un acrobate, comme le déploiement de tous ces accessoires pourrait vous le faire supposer. Je suis professeur de mort.

J'ai remarqué qu'au théâtre les acteurs savaient parler, se tenir, chanter, danser au besoin ; mais j'ai remarqué qu'ils ne savaient pas mourir.

J'ai lancé il y a trois ans une méthode de mort qui a fait sensation dans le monde artistique. On l'a étudiée, on l'a approfondie et c'est à moi que vous devez ces façons de mourir audacieuses et imprévues, qui ont souvent affirmé le succès de nos derniers drames.

La modestie est une belle chose ; mais quand j'ai vu que les artistes seuls bénéficiaient de mes trouvailles, et qu'ils n'avaient garde (combien prétentieux !...) de dire qu'ils s'inspiraient de ma méthode, j'ai paru.

J'ai paru pour vous dire, messieurs, que je m'appelle Galoubet, que je demeure 270, rue Mogador prolongée et que je donne des leçons de mort aux jeunes gens qui se préparent au théâtre.

Ne voyez pas dans ma démarche, messieurs, un besoin de réclame ; entendez-y un cri de révolte. Je suis lassé de voir mes élèves — Sarah Bernhardt, Jane Hading, pour n'en citer que deux — remporter de leur vivant des succès de mort, que je ne connaîtrai peut-être qu'après la mienne, quand on saura que ces dames s'inspiraient de ma méthode.

Je vais donc, messieurs, vous exposer mes principes. Je viens d'entrer ici inconnu, je vais parler ; je sortirai célèbre.

Ma blouse de travail... où est ma blouse de travail ?

Il la prend sur la table et l'endosse. C'est une longue blouse verte à laquelle est fixé le « ruban violet. »

Il y a trois manières de mourir : la manière classique qui est trop simple, la manière romantique qui est fantaisiste, la manière réaliste qui est réelle, comme l'indique son qualificatif.

La manière classique ennuie, la manière romantique amuse, la manière réaliste passionne.

Ces trois divisions ont chacune deux subdivisions : la mort par le fer, la mort par le poison.

Dans la manière classique, le fer est un glaive ; dans la manière romantique, c'est une épée ; dans la manière réaliste, c'est un couteau.

Le poison se prend de trois façons : le genre classique exige une coupe, le romantique une fiole, le réaliste une boulette, un coin de mouchoir...

Je passerai rapidement sur la manière classique. Vous vous demandez pourquoi la tragédie vous ennuie : mais parce qu'on y meurt mal, ou plutôt parce qu'on n'y meurt pas. On hésite, on cane... on n'ose pas donner au public de la vraie émotion. Ou les héros sont frappés dans la coulisse et viennent mourir en scène... comme Mithridate, comme Phèdre, ou ils sont frappés en scène et vont mourir dans la coulisse... comme la sœur d'Horace, ou enfin on... les tue à la cantonade... Britannicus... Hippolyte et ils y trouvent une mort que vient nous apprendre un confident.

Et quand par hasard, ils se tuent en scène, comme c'est plat, comme c'est sec! Où sont les cris, où est le sang, où est l'émotion ? Voici la mort d'A-talide, dans Bajazet :

> Il prend un petit poignard qui est sur la table.

> « Infortunés vizirs, amis désespérés,
> Roxane, venez tous, contre moi conjurés,
> Tourmenter à la fois une amante éperdue
> Et prenez la vengeance enfin qui vous est due. »

> Il se frappe du petit poignard et tombe raide, sans gestes, sur le dos.

Eh bien, qu'est-ce que cela signifie ? Est-ce que ça vous dit quelque chose ? Où est la vérité ? où sont les cris, où est le sang, où est l'émotion ? Dans quel pays meurt-on comme ça ? Zim ! sans gestes, sur le dos! Ça ne veut rien dire !

Et alors vous sortez de Bajazet en disant : Ça m'a embêté! Et le lendemain vous allez voir la Dame aux Camélias et vous dites : C'est exquis ! Pourquoi? Parce que dans une pièce, on a suivi la tradition et dans l'autre la méthode Galoubet, voilà tout.

Dans la manière romantique, nous constatons un progrès. Dans Hernani, on meurt, il n'y a pas à dire... on meurt! Je dois citer cependant une petite invraisemblance ; Hernani avale le poison après Dona Sol et il meurt avant elle... mais quoi ! question de tempérament. Une fois l'invraisemblance acceptée, on a l'émotion... on a un peu l'émotion. J'ai fait mourir Mounet-Sully de la façon suivante :

Il joue la scène, sur le petit tapis.

« Viens... viens... dona Sol... tout est sombre... » un genou en terre... « Souffres-tu ? »... le genou et le coude... « Vois-tu des feux dans l'ombre ?. »... le genou, le coude et le dos... « Voici... »... La voix s'interrompt. Il meurt... le genou, le coude, le dos, la tête, pan ! C'est fait.

Il reste un instant étendu, puis, se relevant :

La façon de dire « Voici » me tourmentait beaucoup. Etait-ce : « Voici... » avec un sens suspendu, de façon à ce que le public se dise : quel dommage qu'il meure ! il allait raconter quelque chose...

« Voici... » ou bien : « Voici ! » un point, c'est tout. Ça a moins de sens, mais c'est joli.

Monsieur Mounet-Sully est un grand artiste, il en a fait à sa tête, mais enfin cette mort est celle que je lui avais conseillée. L'émotion y est.

Dans le romantique, mon dernier triomphe est la mort de M. Leitner, dans « Par le Glaive ! » Il reçoit un coup d'épée dans le dos. Il se courbe en arrière, tourne sur lui-même, et s'abat. C'est un très joli mouvement. Je l'ai trouvé, ce mouvement — c'est très drôle — je l'ai trouvé sans y penser, dans la rue du Louvre. Un monsieur me flanque un coup de pied dans le derrière. Je me courbe (Il décrit un arc de cercle, ventre en avant.) et je me retourne. (Dans cette position, il pirouette sur lui-même.) « Ah ! mais, dites donc... » Il me donne alors un violent coup de poing dans le nez et je tombe. J'avais trouvé. J'ai su depuis que c'était un monsieur qui se trompait. D'ailleurs, je ne lui en veux pas. Je lui dois mes palmes d'officier d'Académie.

Regard au ruban violet.

Nous arrivons, messieurs, à la vraie manière, à la belle, à la géniale, à la seule : la manière réaliste. Les morts réalistes ! Voilà des morts ! Vous

vous flanquez un coup de couteau, vous ne mou-
rez pas tout de suite... vous faites attendre votre
mort, et combien sont plus appréciables les choses
qu'on fait attendre ! Demandez aux femmes ! Je ne
vais pas vous exposer ici toutes les manières
réalistes de mourir. Il y en a 6,325 et ce serait
abuser. Mais il y en a une, celle que j'ai trouvée pour
monsieur Antoine dans la Plaie béante, drame
réaliste, une exquise, que je ne saurais passer sous
silence.

Cherchant ses accessoires.

Voyons... le tapis... et le sang... où est le sang...
sang, teinte n° 2... voilà... Dans les morts réalistes, le sang est nécessaire... C'est, si je puis
ainsi parler, de l'émotion en pot ! L'expression est
heureuse, n'est-ce pas ? L'expression est heureuse !

Il prend un journal sur la table.

César du Bourg-Tiercy lit son journal... comme
ceci. (Il se penche sur le journal.) Il est myope. Tout
le monde sait qu'un myope qui lit son journal, se
tient comme ceci. Entre Lionel, dit Fleur de
Bouge, qui en veut à Bourg-Tiercy, parce que
Bourg-Tiercy est frère du fameux Tiercy qui a arrêté la sœur de Fleur de Bouge, à cause des lettres que Brigois a saisies au premier acte, et qui

15.

prouvaient la liaison d'un duc de Trémonpier avec la sœur de Lionel... c'est pour ça que ça s'appelle la Plaie béante. D'ailleurs vous connaissez la pièce.

Lionel entre donc et plonge son couteau dans le dos du myope qui lit son journal. Voici la mort que j'ai trouvée.

Il reçoit le coup... Bing... « Entrez ! »

Ce cri : Entrez ! a l'air d'une fumisterie, eh bien, c'est de l'observation. Tous ceux qui ont reçu un coup de couteau vous diront qu'on ne sent rien dans le premier moment. Il est donc tout naturel que cet homme, ressentant une petite secousse, suppose qu'elle vienne d'un léger coup frappé à la porte.

« Entrez ! »

Pendant ce temps, l'assassin a gagné le coin de la scène, pour laisser de la place à César du Bourg-Tiercy. Il faut beaucoup de place pour régler une mort réaliste.

« Entrez !... Personne... J'avais cru... (Il se lève.) Tiens ! j'ai une démangeaison... Elle s'accentue... (Il met la main dans le pot de rouge et regarde sa main.) Grands dieux ! du sang !... Mais il est à moi, ce sang ! Fleur de Bouge... Fleur de Bouges qui est

là !... Je comprends tout !... Il m'a tué ! Assassin !
assass... » — le pouf... où est le pouf ?... (Il tombe
assis sur le pouf.) « Ce sang... ce sang qui n'arrête
pas, mon Dieu !... (Il se lève.) Oh ! ces lumières !
c'est un bal ! Qu'est-ce qui donne un bal ?
(Il tombe assis sur le derrière.) Oh ! mon derrière ! »
— C'est bien réaliste, n'est-ce pas ? — « Oh ! mon
derrière !... Les rats... voilà les rats maintenant...
J'étais sûr que j'allais voir des rats !... C'est la
mort !... Ah ! ah ! ah ! » (Il se relève d'un bond, saute
debout sur le pouf et meurt en s'affalant sur la table.)
Quand il y a une nappe, je tombe par terre en
entraînant la nappe ; c'est plus piquant.

Eh bien, y est-elle, l'émotion, y est-elle, hein ?
(Il est pris d'un léger tremblement.) Je vous demande
pardon, je ne peux pas faire cette mort-là sans
être profondément troublé.

Et maintenant... — bien entre nous, n'est-ce pas,
messieurs, la moindre indiscrétion pourrait tuer
l'effet que je prépare, — et maintenant voici une
mort qui sera prochainement donnée dans un de
nos grands théâtres. Cette mort fera sensation.
Elle est de moi. La pièce qui l'entoure s'appelle :
Jean de Luceval ou l'Affreux cochon. Personnages : Le mari, la femme et l'amant.

L'amant — c'est l'affreux cochon... sobriquet d'amitié qu'on lui donne dans sa famille — rentre chez lui, une lettre à la main. Il la relit :

« Chéri, seras-tu demain à deux heures sur l'esplanade ? »

« Oh ! oui, j'y serai ! » murmure-t-il.

A ce moment, deux détonations retentissent. C'est le mari caché qui se venge !

Voici ma trouvaille... Je reprends.

> Il joue la scène.

« Chéri, seras-tu demain à deux heures à l'esplanade ? »

Oh ! oui, j'y serai ! — Pan ! Pan !

> Il colle deux pains à cacheter rouges sur son front, va à la table en chancelant, et écrit.

« Impossible venir à ton rendez-vous. Ton mari vient de me tuer lâchement. »

> Il ferme sa lettre, la glisse dans une enveloppe, met l'adresse, et affranchit.

> S'adressant à l'assassin.

Ayez la bonté, monsieur, de mettre cette lettre à la poste.

> Puis il tombe en avant ; pirouette.

Voilà !

Maintenant, messieurs, quand une mort vous fera tressaillir au théâtre, c'est l'acteur qu'il faut rappeler, mais c'est moi qu'il faut se rappeler.

Il jette quelques cartes de visite dans la salle, et sort.

FIN

TABLE

POUR QUAND ON EST·DEUX

POUR QUAND ON EST UN

Imprimerie Générale de Châtillon-sur-Seine. — Pichat et Pepin.